हिन्द पॉकेट बुक्स

ज्ञान-सम्राट अरस्तू

आज से लगभग 2400 साल पहले यूनान में सुकरात, प्लेटो और अरस्तू के नाम से तीन महान दार्शनिकों की टोली प्रसिद्ध हुई थी। सुकरात सत्य के सारथी रहे, प्लेटो शिक्षा के लिए समर्पित रहे और अरस्तू इन दोनों महान विभूतियों के विचारों को वैज्ञानिक रूप देने के लिए जाने गए। अरस्तू इतने ज्ञानी थे कि उनके गुरु प्लेटो उन्हें अपनी अकादमी का मस्तिष्क कहते थे। संसार का कोई विषय नहीं बचा, जिस पर अरस्तू ने न लिखा हो और अरस्तू के बाद लगभग 2000 वर्ष तक कोई ऐसा विद्वान नहीं पैदा हुआ, जिसने अरस्तू की बात को काटा हो या अरस्तू के विरोध में कुछ कहा हो।

पढ़िए, इस ज्ञान-सम्राट की प्रेरक जीवन-गाथा और अंत में दी गई प्रश्नावली हल करके अपने ज्ञान की खुद परीक्षा कीजिए।

सुरुचिपूर्ण एवं प्रेरणादायक सचित्र जीवनी

ज्ञान-सम्राट अरस्तू

डॉ. विनोद कुमार
डॉ. आशा विनोद

हिन्द पॉकेट बुक्स
पेंगुइन रैंडम हाउस इम्प्रिंट

हिन्द पॉकेट बुक्स

यूएसए | कनाडा | यूके | आयरलैंड | ऑस्ट्रेलिया | सिंगापुर
न्यू ज़ीलैंड | भारत | दक्षिण अफ्रीका | चीन

हिन्द पॉकेट बुक्स, पेंगुइन रैंडम हाउस ग्रुप ऑफ़ कम्पनीज़ का हिस्सा है,
जिसका पता global.penguinrandomhouse.com पर मिलेगा

पेंगुइन रैंडम हाउस इंडिया प्रा. लि.,
चौथी मंजिल, कैपिटल टावर -1, एम जी रोड,
गुड़गांव 122 002, हरियाणा, भारत

पेंगुइन
रैंडम हाउस
इंडिया

प्रथम संस्करण हिन्द पॉकेट बुक्स द्वारा 2015 में प्रकाशित
यह संस्करण हिन्द पॉकेट बुक्स में पेंगुइन रैंडम हाउस द्वारा 2022 में प्रकाशित

10 9 8 7 6 5 4 3 2

ISBN 9789353491536

मुद्रकः रेप्रो इंडिया लिमिटेड

www.penguin.co.in

FSC www.fsc.org MIX Paper from responsible sources FSC® C047271

This is a legitimate digitally printed version of the book and therefore might not
have certain extra finishing on the cover.

क्रम

जीवन-कथा

जन्म

यह 384 ई.पू. की बात है जब एथेंस के निकट ग्रीक नगर स्टेगिरा, जो कि थ्रेस के पास एक बन्दरगाह की कालोनी थी, में एक दम्पति के घर बालक का जन्म होता है। बालक का जन्म साधारण परिस्थितियों में होता है। बालक का नाम एरिस्टोटल्स रखा गया। इस नाम का साधारण अर्थ उत्तम उद्देश्य होता है लेकिन साधारण बोलचाल की भाषा में इस बालक को अरस्तू नाम से पुकारा गया। भारत में यह बालक अरस्तू नाम से ही विख्यात हुआ। पिता का नाम निकोमाचुस था। निकोमाचुस के वंशज लम्बे समय पूर्व से स्टेगिरा में आ बसे थे और यहीं निकोमाचुस का जन्म हुआ था। अरस्तू की मां का नाम फैस्तिस था और उनके पूर्वज यूवोइया प्रदेश की खाल्किस नगरी से स्टेगिरा में आकर बसे थे। यहीं निकोमाचुस और फ्रेस्तिस की शादी हुई थी। निकोमाचुस की अच्छी शिक्षा दीक्षा हुई थी और उन्होंने चिकित्सा शास्त्र की शिक्षा प्राप्त की थी। उनकी रुचि इतिहास और विज्ञान में भी रहती थी। उस समय वह वैद्यों की पंचायत के अध्यक्ष थे। बाद में वे मकदूनिया के राजा अमयन्तस के राज्य-वैद्य हुए और अपना अधिकांश समय मकदूनिया की राजधानी पेला में बिताया। जब अरस्तू का जन्म स्टेगिरा में हुआ था तब निकोमाचुस पेला में ही थे। बाद में वे

अपने पुत्र को देखने के लिए स्टेगिरा आए। अरस्तू की मां सुन्दर घरेलू महिला थी जो अपने मातृ परिवार की सहायता से स्टेगिरा में रहती थी।

बचपन

अरस्तू का जन्म एक धनी परिवार में हुआ था। अरस्तू का बचपन कुछ ही दिन अपनी मां के सानिध्य में बीता क्योंकि जल्दी ही उनकी मां का निधन हो गया। ऐसे में अरस्तू को अपने पिता के पास मकदूनिया की राजधानी पेला जाना पड़ा। पेला में अरस्तू का पालन पोषण अपने पिता की देख-रेख में होने लगा। अरस्तू का पालन-पोषण वौद्धिक वातावरण में हुआ और उन्हें बाल्यकाल से ही शिक्षा प्रात करने का उचित अवसर मिला। पिता राज्य वैद्य थे। उन दिनों चिकित्सा को गुप्त विद्या माना जाता था। वैद्य लोग तो वैसे भी अनुभव का सहारा लेते थे। उन दिनों सामान्य जनता चिकित्सकों के पास नहीं जाती थी। वैद्य लोग स्वयं भ्रमण पर निकलते थे और राज्य में फैली बीमारियों आदि का निदान करते थे। यह सामान्य परम्परा थी कि चिकित्सक लोग अपनी जानकारी को अपने पुत्रों को हस्तान्तरित करते थे। इसके लिए वे अपने बच्चों को बचपन में जर्राही का काम सिखाते थे। इस काम में फोड़े-फुन्सी, शरीर के टूटे-फूटे अंगो को बांधने आदि का काम कराया जाता था। अरस्तू ने भी अपने पिता से चिकित्सा सम्बधी कार्य सीखने शुरू किए लेकिन उनका दुर्भाग्य रहा कि 10 वर्ष की आयु तक पहुंचते-पहुंचते उनके पिता का भी निधन हो गया। निकोमाचुस के निधन से जहां राज परिवार को भारी क्षति हुई वहीं अरस्तू भी अनाथ हो गए। ऐसे में उनकी बड़ी बहन के पति ने अरस्तू को सहारा दिया। उनका नाम प्रोसेनस था। कहते हैं कि अरस्तू के पास काफी पुस्तैनी सम्पत्ति थी अतः प्रोसेनस ने अरस्तू को अपने संरक्षण में ले लिया था। प्रोसेनस ने अरस्तू को ग्रीक, तर्कशास्त्र और काव्य की

शिक्षा दिलवाई। अरस्तू का झुकाव जीव विज्ञान की ओर अपने पिता के सानिध्य में ही हो गया था।

उच्च शिक्षा

जब अरस्तू की उम्र 17 वर्ष हो गई तब उन्हें उच्च शिक्षा के लिए एथेन्स भेजा गया। एथेंस में उस समय उच्च शिक्षा के लिए एक ही विद्यालय था जिसे 'दि एकादमी' के नाम जाना जाता था। इसकी स्थापना सुकरात के शिष्य और महान दार्शनिक प्लेटो द्वारा की गई थी। उस समय यह अकादमी एक प्रकार से यूनान का विश्वविद्यालय थी और उच्च शिक्षा के लिए विख्यात थी। यद्यपि यह एक शिक्षण संस्थान था लेकिन उस समय के राजनीतिक वातावरण से अछूता नहीं था। प्लेटो स्वयं एथेंस की राजनीतिक स्थिरता के लिए लगे रहते थे। जिस समय अरस्तू एकादमी में प्रवेश के लिए पहुँचे थे उस समय प्लेटो राजनीतिक व्यवस्था के तहत सिराक्यूज गए हुए थे। जब प्लेटो वापस आए जब अरस्तू को प्लेटो के समक्ष पेश किया गया क्योंकि प्लेटो अकादमी के मुख्य आचार्य और कुलाधिपति थे। इस प्रकार प्लेटो और अरस्तू की भेंट हुई और कुछ ही दिनों में अरस्तू अपने गुरु प्लेटो के प्रभाव से अभिभूत हुए। प्लेटो ने भी अरस्तू के गुणों को पहचाना और उन्हें अपने मुख्य शिष्यों की टोली में शामिल कर लिया।

प्लेटो की देखरेख में अरस्तू अकादमी में अध्ययन करते रहे, इस अकादमी में विद्यार्थियों को पहले गणित, ज्योतिष, संगीत, तर्कशास्त्र, राजनीति और नीति शास्त्र की शिक्षा दी जाती थी। इन विषयों में पारंगत हो जाने के बाद विद्यार्थियों को अध्यात्म की शिक्षा दी जाती थी। अरस्तू ने भी यह सभी शिक्षाएं ली। बाद के वर्षों में वे इसी अकादमी में विद्यार्थियों को पढ़ाने लगे। उनके लेक्चर का मुख्य विषय वाक्यटुता होती थी। अरस्तू

प्लेटो के सानिध्य में लगभग 20 वर्ष तक रहे। इस अवधि में उन्होंने प्लेटो के लेखों, विचारों आदि को व्यापक रूप दिया और लेखन का कार्य किया। कभी-कभी तो यह स्थिति आ जाती थी कि अरस्तू प्लेटो के विचारों का विरोध करते थे या खण्डन करते थे। लेकिन दोनों में मतभेद नहीं होता था क्योंकि अरस्तू अपने तर्कों और व्यवहारिकता से प्लेटो को संतुष्ट कर लेते थे और उनके तर्क इतने अकाट्य होते थे कि उनकी बात माननी पड़ती थी। दूसरी ओर अरस्तू की प्लेटो के प्रति अगाध श्रद्धा भी थी। लेकिन अरस्तू ने अपने दादा गुरु सुकरात की बातों या विचार का कभी विरोध नहीं किया क्योंकि सुकरात के कथन सत्य पर आधारित होते थे। यह माना जाता था कि जो कुछ सुकरात के मुंह से निकला है वह दैवी वचन है क्योंकि सुकरात तभी कुछ कहते थे जब उन्हें सम्बधित विषय पर दैवी प्रेरणा होती थी। प्लेटो और अरस्तू में मतभेद इसलिए होता था क्योंकि दोनो ही स्वतन्त्र चिन्तक थे और हर विषय पर अपने-अपने नजरिए से सोचते थे। दूसरे अरस्तू अपने गुरु प्लेटो के सिद्धान्तों की वैज्ञानिक आधार पर परीक्षण करके उन्हें शुद्ध रूप प्रदान करते थे। अरस्तू की योग्यता से उनके गुरु प्लेटो इतना प्रभावित थे कि वे अरस्तू को अकादमी का मस्तिष्क और अन्य छात्रों को अकादमी का शरीर कहते थे।

अकादमी में रहते हुए उस समय प्लेटो के तीन मुख्य शिष्य थे जिनमें अरस्तू, फिलिप और कीरो डाट्रस थे। फिलिप मकदूनिया राजघराने से थे। अभी प्लेटो के इन शिष्यों की शिक्षा पूरी ही होने वाली थी कि मकदूनिया के राबा अमयन्तस का निधन हो गया। मकदूनिया का राज सिहांसन खाली हो गया। मकदूनियां के कबीला सरदारों ने अफरा तफरी का माहौल पैदा कर दिया। यद्यपि अमयन्तस का एक पुत्र था लेकिन वह सिहांसन को सम्भालने में अयोग्य था। ऐसे में प्लेटो ने अपने शिष्य फिलिप को तत्काल मकदूनिया भेजा और फिलिप ने तत्परता के साथ कार्यवाही करके

मकदूनिया का सिहांसन अपने कब्जे में ले लिया। फिलिप अमयन्तस के भाई थे। यद्यपि कुछ सरदारों द्वारा राजा का चयन जनता के बीच से करने की बात की जा रही थी, एक दो सामन्त विद्रोह भी कर रहे थे लेकिन फिलिप ने उसे विद्रोह को कुचल दिया।

उन दिनों पूरे यूनान में उथल पुथल मची हुई थी। छोटे-छोटे राज्य बहुत बिखरे हुए नजर आते थे। केरिंथ, मकदूनिया, थीब्स एथेंस और स्पार्टा यूनान के हिस्से थे। इन राज्यों में आपस में भयंकर प्रतिस्पर्धा थी। इस प्रतिस्पर्धा से सबसे अधिक चिन्तित प्लेटो थे। वे पूरे यूनान में एकता चाहते थे। जब मकदूनियां में उनके शिष्य फिलिप का राज्य मजबूत होने लगा, तब उनके मन में आया कि यदि फिलिप की सहायता की जाए तो पूरे यूनान को एक झण्डे के नीचे लाया जा सकता है। इसी उद्देश्य से प्लेटो ने अरस्तू और कीरोडोट्स जैसे अपने प्रमुख शिष्यों को फिलिप की सहायता के लिए मकदूनिया भेजा। यह 359 ई.पू. की बात है। मकदूनिया पहुंचने पर और अपने गुरु प्लेटो की मंशा जानकर फिलिप ने अरस्तू और कीरोडोट्स का स्वागत किया। फिलिप ने अरस्तू को अपना प्रमुख सलाहकार और कीरोडोट्स को गुप्तचर प्रमुख बनाया। इस प्रकार अरस्तू मकदूनिया राज्य के सर्वेसर्वा हो गए लेकिन उन्होंने अकादमी को नहीं छोड़ा। इस बीच फिलिप की शादी ओलम्पियस नामक युवती से हुई और गुरु प्लेटो के आशिर्वाद से फिलिप को पुथ रत्न की प्राप्ति हुई जिसका नाम एलेक्जेण्डर रखा गया जो बाद के वर्षों में सिकन्दर के नाम से विख्यात हुआ।

गुरु से बिछोह

गुरु प्लेटो के मार्गदर्शन में अकादमी से पढ़ाई पूरी करने के बाद अरस्तू अकादमी में ही अध्यापन का कार्य करते रहे। इस बीच उन्होंने संवाद

लिखने शुरू कर दिए थे। वे अपने गुरु के काम को आगे बढ़ा रहे थे तभी अचानक 347 ई.पू. में प्लेटो का निधन हो गया। यद्यपि उन दिनों अकादमी में सबसे योग्य और वरिष्ठ सदस्य अरस्तु थे लेकिन उन्हें अकादमी के प्रमुख का पद नहीं दिया गया। यह पद प्लेटो के भतीजे स्यूनियस को मिला। स्यूनियस में यह खासियत थी कि वह दर्शनशास्त्र को गणित में परिवर्तित करने के लिए लगा रहता था जबकि अरस्तू इस के विपरीत थे। अतः अरस्तू अकादमी प्रमुख का पद न मिलने से स्वयं को अपमानित महसूस कर रहे थे। उधर चूंकि प्लेटो के सहयोग से इस समय एक प्रकार से एथेंस पर मकदूनिया का शासन था अतः एथेन्स वासी मकदूनिया से सम्पर्क रखने वालो का विरोध करते थे। अब चूंकि अरस्तू न तो एथेंस के निवासी थे और दूसरे वे मकदूनियां सम्राट के निकट माने जाते थे अतः एथेंसवासी उनसे खफा थे क्योंकि एथेंस के लिए अरस्तू एक प्रकार से विदेशी थे। अतः अरस्तू ने एथेंस छोड़ देने का निर्णय लिया। वह एथेन्स छोड़कर एशिया माइनर के शहर अस्सौस चले गए। उन दिनों अतार्नेयस साम्राज्य के राजा हरमियस थे जो अकादमी के दिनों में अरस्तू के दोस्त और सहपाठी रह चुके थे।

निजी जीवन

अरस्तु अस्सौस इसलिए गए थे क्योंकि अब एथेंस के अशान्त वातावरण में रहना उनके हित में नहीं था दूसरे हरमियस ने उन्हें अपने यहां आमन्त्रित किया था। हरमियस जन्म से दास थे लेकिन अपनी योग्यता और मेहनत के बल पर अतार्नेयस राज्य के राजा बन बैठे थे। वे अपने राज्य में शिक्षा का प्रचार प्रसार करना चाहते थे ताकि राज्य से दास प्रथा को समाप्त किया जा सके। वे मानते थे कि जब तक उनके राज्य के निवासी शिक्षित नहीं होगे तब तक दास प्रथा जैसी समाज की बुराइयों को समाप्त नहीं

किया जा सकेगा। हरमियस स्वयं प्लेटो की अकादमी में विद्यार्थी रह चुके थे और अरस्तू की विद्वतासे परिचित थे। वैसे भी हरमियस अपने राज्य में विद्वानों को आमन्त्रित करते रहते थे। इसीलिए उन्होने अरस्तू को निमन्त्रित किया था। अरस्तू को तो एथेंस छोड़ना ही था अतः वे अतार्नेयस के यहां आ गए। यहां पर अस्सौस नगर में उन्होंने अकादमी की एक शाखा भी स्थापित की।

अब तक अरस्तू लगभग 37 वर्ष के हो चुके थे। अभी तक उन्होंने अपना परिवार नहीं बसाया था। एथेंस में रहते हुए वे शादी के पक्ष में नहीं थे क्योंकि वहां पर वे अकादमी के कार्यों और अध्ययन में पूरी तरह से डूबे हुए थे, लेकिन यहां अस्सौस में आकर परिस्थितियां बदल गई थी। उधर हरमियस के यहां उनकी भतीजी थी जिसका नाम पीथियस था। पीथियस उन दिनों जवानी की दहलीज पर थी। अरस्तु का हरमियस के यहां बेरोक टोक आना जाना था। ऐसे में अरस्तू और पीथियस दोनों एक दूसरे की ओर आकर्षित हो गए। इस बात की जानकारी जब हरमियस को हुई तो उन्होंने अरस्तू के साथ पीथियस की शादी कर दी क्योंकि उन्हें अरस्तू योग्य वर दिखे। इस प्रकार अरस्तू ने अपना परिवार बसा लिया। अतार्नेयस के अनुकूल माहौल में अरस्तू तीन वर्ष तक रहे। इस बीच उनके घर पुत्री ने जन्म लिया। दुर्भाग्य से पुत्री के जन्म के बाद पीथियस की मृत्यु हो गई। पीथियस की मृत्यु के बाद अरस्तू ने उसकी याद में अपनी पुत्री का नाम भी पीथियस रख दिया। अब अरस्तू पुनः अकेले हो चुके थे। ऐसे में वे एक अन्य सुन्दरी की ओर आकर्षित हो गए। उसका नाम हरपीलिस था। हरपीलिस अरस्तू के जन्म स्थान स्टेगिरा की ही रहने वाली थी। अरस्तू ने हरपीलिस को अपनी सहचरी तो बना लिया लेकिन उसके साथ विधिवत शादी नहीं की। दोनों से एक पुत्र भी पैदा हुआ जिसका नाम अरस्तू ने अपने दिवंगत पिता के नाम पर निकोमारवस रखा।

अस्सोस में अरस्तू 3 वर्ष तक रहे। हरमियस से अरस्तू ने भी बहुत कुछ सीखा, जैसे एक व्यक्ति में शासक के क्या गुण होते हैं क्योंकि हरमियस अपने गुणों के कारण ही राजा बने थे, नगर या राज्य में अर्थव्यवस्था का क्या महत्व होता है क्योंकि हरमियस ने अपने ही प्रयासों से अपने देश की अर्थव्यवस्था को मजबूती प्रदान की थी तथा अन्य देशों के साथ कैसे मधुर सम्बन्ध बनाए रखे जा सकते हैं। कुछ दिनों बाद ईरान के द्वारा हरमियस के राज्य में कब्जा कर लिया गया था। अतः अब यहां से अरस्तू का मन उचट गया था। अतः वे अपने सहपाठी थियो फ्रास्तस के साथ लैस्वोस द्वीप के मितीलेन नगर में चले गए। वहां भी उनके सहपाठी ने निवास के लिए अच्छी व्यवस्था की थी। यहां आकर अरस्तू की रुचि जलचर जीवों के अध्ययन में बढ़ी। जलचल जीवों के अध्ययन के लिए यह नगर सर्वोत्तम था क्योंकि यह द्वीप समुद्र से घिरा हुआ था। अरस्तू ने यहीं पर रहकर अपने प्राणिविद्या सम्बन्धी ग्रन्थों की रचना शुरू की। इसी समय में उन्होंने तत्व दर्शन और भौतिक विज्ञान में काम शुरू किया।

गुरु-शिष्य की परम्परा आगे बढ़ी

उधर मकदूनिया में फिलिप के पुत्र सिकन्दर का बचपन बीत रहा था। अब तक सिकन्दर 13 वर्ष के हो चुके थे। अब उनकी खेलने कूदने की उम्र समाप्त हो चुकी थी। फिलिप को सिकन्दर की शिक्षा दीक्षा की चिन्ता हो रही थी। वे सिकन्दर को एथेंस नहीं भेजना चाहते थे। इसके पीछे दो कारण थे। एक तो उनके गुरु प्लेटो का निधन हो चुका था दूसरे एथेंस का राजनीतिक वातावरण अशांत था। ऐसे में उन्हें अपने सहपाठी और गुरूभाई अरस्तू की याद आई जो एथेन्स छोड़कर जा चुके थे। वे अरस्तू की विद्वता से परिचित थे। वे उनके प्रमुख सलाहकार भी रह चुके थे। जब सिकन्दर का जन्म हुआ था तब गुरु प्लेटो ने भी संकेत किया था कि सिकन्दर की शिक्षा दीक्षा अरस्तू की देखरेख में होनी चाहिए। इस प्रकार एक बार फिर अरस्तू के समय ने पलटा खाया और वे मकदूनिया पहुंच गए क्योंकि फिलिप ने अरस्तू को अपने पुत्र सिकन्दर का शिक्षक नियुक्त किया था। इस प्रकार एक बार फिर गुरु शिष्य की परम्परा आगे बढ़ी और जिस प्रकार सुकरात के शिष्य प्लेटो, प्लेटो के शिष्य अरस्तू हुए उसी प्रकार अरस्तू के शिष्य सिकन्दर हुए। कहा जाता है कि सिकन्दर की शिक्षा दीक्षा के लिए फिलिप ने अपने ही राज्य में एक सुन्दर और शान्त स्थल मेजा में गुरूकूल की स्थापन करायी थी। यह स्थान शिक्षा, पर्यटन, व्यायाम, शिकार, घुड़सवारी आदि सभी दृष्टियों से उपयुक्त था। यहां पर

शिक्षा की ऐसी व्यवस्था की गई थी ताकि सिकन्दर अपने सहपाठियों के साथ मौज मस्ती भी कर सके तथा उसे अरस्तू द्वारा सभी गोपनीय विद्याएं भी सिखाई जा सकें। कुछ पाठ्यक्रम और शोध तो सिकन्दर के लिए ही आरक्षित थे। जब मेजा में विद्यालय की व्यवस्था हो गई और अरस्तू ने सभी बन्दोबस्त कर लिए तब अपने माता पिता से आज्ञा लेकर सिकन्दर भेजा पहुचा। सिकन्दर को अरस्तू ने प्यार से शिक्षण संस्थान के नियम बताए। उन्होंने बताया की प्रिय सिकन्दर विद्यालय के नियम कठोर है। यहां तुम्हें अनुशासन में रह कर नियमबद्ध दिनचर्या बितानी होगी। राजमहल की सुख सुविधाएं यहां उपलब्ध नहीं होगी। क्या तुम इस विद्यालय में पढ़ना चाहोगे? तब सिकन्दर ने अरस्तू को आश्चर्य चकित करते हुए कहा था कि, गुरूदेव मैं भी देखने को उत्सुक हूँ कि राजमहल से दूर रह कर अनुशासन और कठोर नियमों में कैसे रहा जाता है? यह मेरे लिए चुनौती होगी और मुझे यह चुनौती स्वीकार है क्योंकि मैं एक श्रेष्ठ सेनापति बनना चाहता हूं और सेनापति को सबको अनुशासन में रखना होता है। सिकन्दर के ऐसे सुलझे हुए विचार सुनकर अरस्तू खुश हो गए थे। इस प्रकार सिकन्दर अरस्तु की देखरेख में राजपुत्र के रूप में तैयार होने लगे। अरस्तू द्वारा उन्हें सैन्य प्रशिक्षण भी दिया जाता था और राजनीति की घुट्टी भी पिलाई जाती थी। इस गुरूकुल का पूरा खर्च मकदूनिया द्वारा वहन किया जाता था। अरस्तू का मकदूनिया में मान सम्मान तो था ही इस प्रकार वे यूनान के भी सम्मानित नागरिक बन गए। धीरे-धीरे सिकन्दर की शिक्षा समाप्त हुई और वे मकदूनिया वापस जाकर अपने पिता फिलिप के साथ राजकाज में व्यस्त हो गए। इधर अरस्तू फिर से खाली हो गए थे अतः उन्होंने अपने लेखन कार्य में मन लगाया। इधर कुछ दिनों बाद मकदूनिया में एक षड्यन्त्र के तहत फिलिप की हत्या कर दी गई जिसके बाद सिकन्दर मकदूनिया का सम्राट

बना। धीरे-धीरे सिकन्दर ने भी अपने पिता की भांति पूरे यूनान में कब्जा कर लिया। इस प्रकार एथेन्स मकदूनिया ने नियन्त्रण में आ गया। अरस्तू पुनः एथेन्स लौटे लेकिन उन्हें अकादमी का मुख्य पद प्राप्त नहीं हुआ। क्योंकि उन्हें एथेन्स निवासी न होने कारण विदेशी समझा गया। अरस्तू ने भी अकादमी में कोई विशेष रुचि नहीं दिखाई वरन मकदूनिया की अनुमति से एथेंस के उपनगर अपोलो में अपना नया विद्यालय खोला। यह विद्यालय लीकेयस मन्दिर के निकट था। अतः अरस्तू ने इस विद्यालय नाम लाइसियम (Lyceum) रखा। यह एक धार्मिक स्थल भी था। कहते हैं अपने जीवन काल में सुकरात भी इस स्थान पर घूमने के लिए आया करते थे। चूंकि एथेंस में विदेशी नागरिकों के लिए अचल सम्पत्ति खरीदना वर्जित था अतः अरस्तू ने किराए के स्थल पर विद्यालय की स्थापना की। इस विद्यालय के अधिष्ठाता स्वयं अरस्तू बने और स्वयं यहां की शिक्षा पद्धति और नियम बनाए। यहां पर अरस्तू द्वारा दो प्रकार की शिक्षा दी जाती थी। तर्क शास्त्र, भौतिकी और परा विद्या ऐसे विषय थे जिन्हें समझने के लिए विशेष योग्यता, संयम और धैर्य की जरूरत होती थी। अतः इन विषयों को कुछ खास विद्यार्थियों को ही पढ़ाया जाता था। इनके लिए विषयों की पढ़ाई भी अरस्तू विशेष ढंग से कराते थे। प्रातः काल अरस्तू विद्यालय प्रांगड़ में घूम-घूम कर व्याख्यान देते थे और उनके विद्यार्थी उनका पीछा करते थे और व्याख्यान सुनते/समझते थे। उनकी इस व्यवस्था को पैरी पेरीरिक कहा गया। यह एक प्रकार से पर्यटन या घुमन्तू शिक्षा पद्धति थी। दूसरे विषय जैसे राजनीति, काव्य साहित्य आदि ऐसे विषय थे जिनमें साधारण बुद्धि वाले व्यक्ति भी रुचि लेते थे। इन विषयों के प्रवचन अरस्तू सांयकालीन कक्षाओं में देते थे। इन कक्षाओं में सामान्य जनता को भी भाग लेने की अनुमति थी। इस प्रकार अरस्तु के विद्यालय की शिक्षा पद्धति प्लेटो की अकादमी से भिन्न थी। वहां पर

केवल कुलीन परिवारों के बच्चों को शिक्षा दी जाती थी जब कि अरस्तु के विद्यालय में यूनान के अन्य प्रानतों के बच्चे भी पढ़ते थे। धीरे-धीरे अरस्तू के विद्यालय की ख्याति अकादमी से भी अधिक हो गई। अरस्तू के इस विद्यालय को सिकन्दर का पूरा समर्थन प्राप्त था। यहां पर शोध आदि के लिए धन की व्यवस्था सिकन्दर के द्वारा ही की जाती थी। यद्यपि सिकन्दर सम्राट बन गया था लेकिन उसमें अपने गुरु अरस्तू के प्रति श्रद्धा में कोई कमी नहीं आयी थी।

इस विद्यालय में अरस्तू ने अपने जीवन के 12 वर्ष बिताए। लगभग सभी विषयों पर सम्वाद लिखे और हस्तलिखित सामग्री के लिए एक बड़ा पुस्तकालय स्थापित किया। अरस्तू के लिखन में उनके नोट्स, कोटेशनस, संवाद सभी शामिल थे। अरस्तू ने अपने विद्यालय में उस समय की सभी विधाओं और कलाओं के अध्ययन की व्यवस्था की थी। विद्यालय संचाल के नियम भी अरस्तू ने स्वयं बनाए थे। यहां विद्यार्थियों को एक साथ भोजन करना होता था। विद्यालय प्रशासन और व्यवस्था का कार्य सभी की बारी-बारी से 10-10 दिन के लिए सम्भालना होता था। कुछ प्रमुख शिष्य अरस्तू की रचनाओं को अन्तिम रूप देने का भी कार्य करते थे। इस समय में साहित्य विज्ञान और दर्शन का भरपूर विकास हुआ।

अन्त समय

सिकन्दर जब विश्व विजय के लिए निकला, तक मकदूनिया की शासन व्यवस्था की देखरेख एंटीपेटर के हाथों में सौंप गया था एंटीपेटर सिकन्दर के पिता के समय से ही मकदूनिया का सेना प्रमुख था अतः अरस्तू और एंटीपेटर की दोस्ती थी। सिकन्दर के विश्वविजय की अवधि में अरस्तू ने अपने दोस्त एंटीपेटर से भी काफी कुछ सीखा। एंटीपेटर से ही उन्हें पता लगा कि परिमित राजतन्त्र तथा सम्पत्ति युक्त मध्यम वर्ग प्रशासन के कार्यों में सहयोग देने के लिए अत्यन्त उपयोगी होते हैं और बाद में अरस्तू ने अपने राजनीति दर्शन में इसी मध्यम मार्ग को अपनाने की सलाह दी। विश्व विजय की अवधि में सिकन्दर और अरस्तू की अनबन हो गई थी लेकिन अरस्तू ने इस बात को जग जाहिर नहीं किया था। हुआ यह था कि जब सिकन्दर विश्व विजय के लिए निकला था तब उसके साथ विदेशों में अध्ययन के लिए विद्वानों का एक दल भी गया था। विद्वानों के इस दल में अरस्तू का भतीजा कलस्थनीज मा एक इतिहास लेखक के रूप में शामिल था। एक दिन कलस्थनीज ने युवा सम्राट सिकन्दर की आलोचना कर दी। इस आलोचना से सिकन्दर क्रोधित हो गया और बिना कुछ सोचे समझे ही कलस्थनीज का बध कर दिया। इस दुःखद घटना से अरस्तू व्यथित हो गए थे।

दुर्भाग्य से भारत विजय के बाद मकदूनियां वापस आते समय बेबीलोन में सिकन्दर का निधन हो गया। निधन को यह समाचार जैसे ही एथेंस

पहुंचा, वहां विद्रोह हो गया। क्योंकि अधिकांश लोग मकदूनिया के विरोधी थे। अब सिकन्दर की मृत्यु के बाद एथेंस के लोग स्वयं को स्वतन्त्र महसूस कर रहे थे। इस प्रकार मकदूनिया से सम्बन्ध रखने वाले लोग एथेंस निवासियों के निशाने पर आने लगे। अरस्तू और मकदूनिया के घनिष्ठ सम्बन्ध जग जाहिर थे। ऐसे में अरस्तू ने वातावरण को भांप लिया और समय रहते अपने कुछ शिष्यों को साथ लेकर एथेंस को छोड़ दिया। यह 323 ई.पू. की बात है। एथेंस छोड़ते समय अरस्तू ने कहा था "मैं एथेंस वासियों को दर्शन शास्त्र के विरूद्ध दूसरी बार अपराध करने का अवसर नहीं दूंगा।" उनका इशारा अपने दादा गुरु सुकरात की ओर था जिन्हें एथेंस वासियों ने मृत्यु दण्ड दिया था। कुछ इतिहास कारों का कहना है कि यदि अरस्तू ने समय रहते एथेंस न छोड़ा होता तो उनका हश्र भी सुकरात जैसा होता। एथेंस छोड़ने के बाद अरस्तू ने यूवोइया प्रदेश के खाल्किस नगर में शरण ली। यह नगर उनका ननिहाल था क्योंकि उनकी मां इसी नगर की थी तथा यह उनका जन्म स्थान स्टेगिरा इसी नगर का उपनिवेश था। यहां पर अरस्तू ने लगभग एक वर्ष का समय निर्वासित के रूप में बिताया और 322 ई.पू. में उनका निधन हो गया।

अपने अध्ययन के आधार पर अरस्तू ने कहा था कि यह पृथ्वी गोल है और अपनी मौत से उन्होंने सिद्ध कर दिया कि पृथ्वी गोल है क्योंकि वे स्टेगिरा में पैदा हुए थे और पूरा जीवन भ्रमण करने के बाद अन्त में स्टेगिरा में ही मौत की नींद सोए। यद्यपि अरस्तू एथेंस के निवासी नहीं थे लेकिन उन्होंने अपने जिन्दगी का आधे से अधिक समय एथेंस में बिताया। फिर भी अरस्तू को एथेंस से न्याय नहीं मिला। यद्यपि अरस्तू को एथेंस से बहुत प्यार था। अरस्तू के लिए एथेंस एक नगर और राज्य ही नहीं था वरन एक सभ्यता थी, एक संस्कृति थी और कला का मन्दिर था। अरस्तू के लिए एथेंस एक प्रेरक स्थल था।

अरस्तू ने कहा था

जब किसी महापुरुष के होठ फड़फड़ाते हैं तो उनसे कुछ शब्द या कुछ वाक्य निकलते हैं जो उनके विचार या वचन कहे जाते हैं। यह वचन एक प्रकार से आदर्श वाक्य होते हैं जिन्हें लोग बहुत मानते हैं और किसी-किसी मामले में तो इन वाक्यों का अनुकरण करते हैं। अरस्तू भी अपने समय के महान दार्शनिक और विद्वान थे। विभिन्न विषयों में उनके द्वारा जो कुछ भी कहा गया उन्हें उनके अनमोल वचन यो कथन कहा गया। यहां पर अरस्तू द्वारा कहे गए कुछ वाक्य प्रस्तुत हैं।

- राज्य प्रकृति की देन हैं और मनुष्य स्वभाव से एक सामाजिक प्राणी है।
- न्याय का अर्थ है - समान से समान व्यवहार और असमान से असमान व्यवहार।
- धन कमाने के उपायों में से ब्याज से धन कमाना सबसे अधिक अप्राकृति उपाय है।
- खुशी ही जीवन का अर्थ और उद्देश्य है और मानव अस्तित्व का लक्ष्य और मनोरथ भी है।
- अच्छी शुरूआत से आधा काम हो जाता है।
- जन्म देने वाले माता पिता से अध्यापक कहीं अधिक सम्मान के पात्र हैं क्योंकि माता पिता तो केवल जन्म देते हैं अध्यापक उन्हें शिक्षित

बनाते हैं। माता पिता तो केवल जीवन प्रदान करते हैं अध्यापक बेहतर जीवन सुनिश्चित करते हैं।

- मित्र एक आत्मा है जो दो शरीरों में निवास करती हैं।
- शिक्षा की जड़े भले ही कड़वी हों, इसके फल मीठे होते हैं।
- खुशी स्वयं पर निर्भर करती है।
- अपने शत्रुओं पर विजय पाने वालों की तुलना में मैं उसे शूरवीर मानता हूं जिसने अपनी इच्छाओं पर विजय प्राप्त कर ली है क्योंकि अपने आप पर विजय पाना सबसे कठिन होता है।
- मनुष्य प्राकृतिक रूप से ज्ञान की इच्छा रखता है।
- सभी भुगतान युक्त नौकरियां दिमाग को अवशोषित और अयोग्य बनाती हैं।
- डर बुराई के कारण उत्पन्न होने वाला दर्द है।
- मुनष्य के सभी कार्य इन सातों में एक या अधिक के कारण होते हैं मौका, प्रकृति, मजबूरी, आदत, कारण, जुनून और इच्छा।
- कोई भी उस व्यक्ति से प्रेम नहीं करता जिससे वह डरता है।
- अच्छा व्यवहार सभी गुणों का सार है।
- बुरे व्यक्ति पश्चाताप से भरे होते हैं।
- कोई भी क्रोधित हो सकता है यह आसान है लेकिन सही व्यक्ति से सही सीमा में, सही समय पर और सही उद्देश्य के साथ सही तरीके से क्रोधित होना सभी के बस की बात नहीं है और यह आसान भी नहीं हैं।
- बुद्धिमान का उद्देश्य खुशी को सुरक्षित रखना नहीं होता वरन दुःख को दूर रखना होता है।
- अनुशासन से स्वतन्त्रता आती है।
- साहस सभी मानवीय गुणों में प्रथम है क्योंकि यही गुण अन्य गुणों को विकसित करता है।

- दर्शन लोगों को बीमार बना सकता है।
- जो अपने डर को जीत लेता है वह सही अर्थों में मुक्त होता है।
- गरीबी, क्रान्ति और अपराध की जनक है।
- दोस्तों के बिना कोई नहीं जीना चाहता, भले ही उसके पास बाकी सब कुछ हो।
- जो एकान्त में खुश रहता है वह या तो जानवर होता है या फिर देवता।
- 50 दुश्मनों का विष खतम करने के लिए एक मित्र काफी है।
- शिक्षित और अशिक्षित में उतना ही फर्क है जितना जिन्दगी और मौत में।
- हम युद्ध करते हैं ताकि शान्ति से रह सकें।
- जितना ज्यादा आप जानोगे उतना ही यह भी जानोगे कि आप कुछ नहीं जानते।
- प्रकृति बेकार में कुछ नहीं करती।
- धैर्य कड़ुवा होता है लेकिन इसका फल मीठा होता है।
- बुद्धिमान आदमी बोलता है क्योंकि उसके पास बोलने के लिए कुछ होता है जबकि मूर्ख आदमी इस लिए बोलता है क्योंकि उसे कुछ कहना होता है।
- बिना दिल को शिक्षित किए, दिमाग को शिक्षित करना, वास्तव में शिक्षा नहीं है।
- अच्छा लिखने के लिए खुद को एक आम इन्सान की तरह व्यक्त करो लेकिन सोचो एक बुद्धिमान आदमी की तरह।
- जो एक अच्छा अनुयायी नहीं बन सकता वह अच्छा लीडर भी नहीं बन सकता।
- मनुष्य अपने सबसे अच्छे रूप में सभी जीवों में सबसे उदार होता है

लेकिन यदि कानून और न्याय न हो तो वह सबसे खराब बन जाता है।

- संकोच युवाओं के लिए एक आभूषण है लेकिन बड़ी उम्र वालों के लिए धिक्कार है।
- जो सभी का मित्र होता है वह किसी का मित्र नहीं होता।
- चरित्र को हम अपनी बात मनवाने के लिए सबसे प्रभावी माध्यम कह सकते हैं।
- लोकतन्त्र तब होगा जब कि गरीब उसका शासक होगा।
- शिक्षा बुढ़ापे के लिए सबसे अच्छी व्यवस्था है।
- उत्कृष्टता वह कला है जो प्रशिक्षण और आदत से आती है।
- अपनी औकात कभी मत भूलो।
- अन्याय सहने की अपेक्षा अन्याय करना अच्छा है, कोई भी इस सिद्धान्त को स्वीकार नहीं करेगा।
- ऐश्वर्य उपाधि में नहीं वरन् इस चेतना में है कि हम उसके योग्य हैं।
- सच्ची लगन के बिना किसी में भी महान प्रतिभा पैदा नहीं हो सकती।
- तुम मुझे बच्चा दो, मैं वह बना कर दूगां जो तुम चाहते हो।
- राजनीति विज्ञान, एक प्रधान विज्ञान है।
- हम बहादुर कार्यों के द्वारा ही बहादुर बन सकते हैं।
- आदमी लक्ष्यों की मांग करने वाला प्राणी है उसकी जिन्दगी का अर्थ तभी तक है जब वह अपने लक्ष्यों को प्राप्त करने के लिये प्रयास करता रहे।
- युवा आसानी से धोखा खा जाते हैं क्योंकि वह शीघ्रतासे उम्मीद लगाते हैं।
- आत्मा कभी भी मानसिक चित्र के बिना नहीं सोंचती।

- एक अच्छा इन्सान बनना और एक अच्छा नागरिक बनना दोनों एक बात नहीं है।
- मन की ऊर्जा ही जीवन का सार है।
- दोस्त बनना जल्दी का काम है लेकिन दोस्ती एक धीमी गति से पकने वाला फल है।
- आशा जाग्रत अवस्था में देखा गया एक स्वप्न है।
- अपने आप को जानना ही ज्ञान की शुरूआत है।
- प्रकृति की सभी चीजों में कुछ न कुछ अद्‌भुत है।
- आलोचना से बचने का एक ही रास्ता है कि कुछ मत करो, कुछ मत कहो, कुछ मत बनो।
- मनुष्य स्वभाव से ही एक राजनीतिक जानवर है।
- एक निश्चित बिन्दु के बाद पैसे का कोई अर्थ नहीं रह जाता।
- अगर औरतें नहीं होती तो दुनिया की सारी दौलत बेमानी होती।
- अपने जन्म के समय से ही कुछ लोग शासन करने के लिए पैदा होते हैं तथा कुछ शासित होने के लिए।
- जहां दासता जिसके लिए लाभयुक्त होती है वहां दास का बनाना या बनाया जाना उपयुक्त होता है।
- व्यक्तियों के शासन से कानून का शासन बेहतर होता है।
- एक अच्छे नगर का अर्थ यह नहीं होता कि उसकी जनसंख्या अधिक होती है।
- शिक्षा सम्पन्नता का एक गहना है और मुसीबत में एक शरण।
- माताएं, पिताओं की अपेक्षा अपनी सन्तानों को अधिक चाहती हैं, क्योंकि वे निश्चिन्तता से जानती है कि वे सन्तानें उसकी हैं।
- बचपन की अच्छी आदतें ही सारा जीवन बनाती हैं।
- लोकतन्त्र में यदि कोई शासक भीड़ से नियन्त्रित होता है तो वह शासन नहीं कर सकता।

- बांसुरी की स्वर लहरी में भावनात्मक विकारों को दूर करने की अद्‌भुत क्षमता होती है।
- प्लेटो को मैं प्यार करता हूं लेकिन सत्य को उनसे भी अधिक।
- पुरूषों के सबसे महत्वपूर्ण सम्बन्ध चाहे वे सामाजिक हो, यौन हो या प्रेम सम्बन्ध हों, वे सिर्फ दूसरे पुरुषों के साथ ही होते हैं।
- सीखने की कोई उम्र नहीं होती, कोई सीमा नहीं होती और किसी गुरु की आवश्यकता भी नहीं होती है। इसके लिए तो आत्मचिन्तन और आत्मप्रेरणा ही काफी होते हैं।
- उत्कृष्टता वह कला है जो प्रशिक्षण और आदत से आती है। हम इसलिए सही कार्य नहीं करते कि हमारे अन्दर अच्छाइयों या उत्कृष्टता है वरन वह हमारे अन्दर इसलिए हैं क्योंकि हमने सही कार्य किया है।

अरस्तू का ज्ञान-विज्ञान

अरस्तू के विषय में कहा जाता है कि अरस्तू को उन सभी विषयों का ज्ञान था जिसे प्राप्त करना किसी मानव के लिए उस समय सम्भव था। अरस्तू ने अपनी शिक्षा-दीक्षा अपने गुरु प्लेटो के सानिध्य में रह कर प्राप्त की। वे अपने गुरु के साथ लगभग 20 वर्ष तक रहे। इसी अवधि में उन्होंने प्लेटो के विद्यापीठ अर्थात अकादमी में अध्ययन भी किया और अध्यापन भी किया। वैसे तो यह कहना बहुत कठिन है कि अध्ययन और अध्यापन में अरस्तू की विशेष रूचियां क्या थी? क्योंकि उन दिनों स्वतन्त्र रूप से बहुत कुछ करना सम्भव नहीं था। गुरु जो कुछ शिक्षा देते थे वही शिक्षा लेनी होती थी। लेकिन अरस्तू ने उन सभी विषयों पर अपनी कलम चलाई, जिन विषयों में उनके गुरु प्लेटो को महारथ हासिल थी। प्लेटो की शिक्षा के साथ-साथ राजनीति में भी रुचि रहती थी। वे विभिन्न राज्यों में जा-जा कर राजाओं को शिक्षा देने एवं उन्हें एक सूत्र में बांधने का कार्य करते थे। अतः उनके पास समय का अभाव रहता था। वे विभिन्न विषयों पर अपने विचार तो व्यक्त कर देते थे लेकिन विचारों को व्यवहारिक रूप नहीं देते थे। जबकि अरस्तू के पास अध्ययन और अध्यापन के अलावा अन्य कोई काम नहीं रहता था, अतः वे अपने गुरु के विचारों को तर्क और विज्ञान की कसौटी में कसते थे। कभी-कभी तो वे अपने गुरु के विचारों का विरोध भी करते थे।

कहते हैं कि प्लेटो की दोनों आंखे आकाश की ओर रहती थीं जबकि उनके शिष्य अरस्तू की एक आंख आसमान की ओर और एक आंख जमीन की ओर रहती थीं अर्थात् अरस्तू धरातल पर रहकर सोचते थे। यद्यपि प्लेटो और अस्स्तू दोनों को उच्च कोटि का दार्शनिक माना जाता है लेकिन अरस्तू एक दार्शनिक होने के साथ - साथ वैज्ञानिक भी थे। वे दर्शन में भी वैज्ञानिक विधियों का प्रयोग करते थे। कोई भी अरस्तू के विद्वान होने पर सन्देह नहीं कर सकता। अरस्तू के अध्ययन की सीमाओं को छूना कठिन है। उनका ज्ञान और अनुभव किसी भी रूप में गौड़ नहीं पाया जाता। अरस्तू के सम्बन्ध में लिखते हुए प्रो. वी.पी. वर्मा कहते हैं कि "भौतिक शास्त्र, तत्व विज्ञान, प्राणीशास्त्र, नीतिशास्त्र, राजनीति शास्त्र, मनोविज्ञान, तर्कशास्त्र, काव्य शास्त्र, अलंकार शास्त्र, ज्योतिष आदि गूढ़ विषयों पर सुसम्बद्ध प्रमाणिक ग्रन्थ अरस्तू के मस्तिष्क की विशालता के सूचक हैं। अरस्तू ने कुछ मामलों में अपने गुरु का खुलकर विरोध भी किया। जैसे प्लेटो का मानना था कि इस दृश्य जगत में एक श्रेणी की सभी वस्तुएं एक ही प्रत्यय की प्रतिनिधि होती है। जो वस्तुएं जगत में दिखाई देती हैं वे नश्वर होती हैं जबकि उनका प्रत्यय अमर होता है। शायद प्लेटो द्वैतवाद की बात कहना चाहते थे। उधर अरस्तू पर यह आरोप था कि वे अपने गुरु प्लेटो के विचारों की आलोचना करने से नहीं चूकते। लेकिन अरस्तू की समस्या यह थी कि वे उस बात का कतई समर्थन नहीं करते थे जो बात उनके गले से नीचे न उतरे। भले ही वह बात उनके गुरु द्वारा ही क्यों न कही गई हो। अरस्तू ने प्लेटो के उपरोक्त द्वैतवाद के सम्बन्ध में यह तो महसूस किया कि प्रकृति में कोई ऐसी वस्तु तो है जिसके कारण सभी मनुष्य, मनुष्य हैं, सभी पशु, पशु हैं, सभी गाय गाय हैं और सभी त्रिभुज त्रिभुज हैं लेकिन उन्होंने इस बात को अस्वीकार कर दिया कि नश्वर वस्तुएं किसी अमर वस्तु की प्रतिनिधि हो सकती हैं

अरस्तू यहीं नहीं रूके। उन्होंने अपने गुरु के दार्शनिक शासक के सिद्धान्त और उनकी सामाजिक व्यवस्था सम्बन्धी विचारों की कड़ी आलोचना की। अरस्तू का मानना था कि यह विचार तर्क के आगे नहीं ठहरते हैं। अपने विचारों की आलोचना सुन कर एक बार तो प्लेटो ने यहां तक कह दिया था कि "अरस्तू तो उस बछड़े के समान है जो माता के दूध को चूस कर सुखा देने के उपरान्त माता को ही लात मारने लगता है।" यद्यपि अरस्तू को राजनीतिक चिंतन में प्लेटो का विरोधी नहीं कहा जा सकता क्योंकि उन्होंने पाश्चात्य राजनीतिक चिन्तन को प्लेटो से आगे विस्तार दिया। वे पुरानी घिसी पिटी चीजों में ही नहीं चिपके रहे। अपने गुरु के विचारों को वैज्ञानिक शुद्धता प्रदान करके अपने गुरु का मान बढ़ाया।

अरस्तू ने अपने जीवन काल में खूब लिखा। लोगों का कहना है कि अरस्तू ज्ञानी थे, खूब लिखा लेकिन उनकी सबसे बड़ी कमी यह रही की उन्होंने वह ज्ञान यूनान की जनता में नहीं बांटा। शायद उस ज्ञान को सिकन्दर के लिए छिपाकर रखा था। यदि वह ज्ञान सामान्य जनता के पास पहुंच जाता तो शायद ज्यादा सुरक्षित रहता। इसीलिए सिकन्दर की मृत्यु के बाद उन्हें एथेंस में विद्रोह के डर से एथेंस छोड़कर भागना पड़ा और अपना सारा साहित्य अपने उत्तराधिकारी थे थिपोफ्रास्तुस को देना पड़ा था। कहा तो यहां तक जाता है कि उन्होंने 400 ग्रन्थ लिखे थे लेकिन उनमें से अधिकांश नष्ट हो गए क्योंकि उनकी मृत्यु के बाद इन ग्रन्थों को उनके वंशज और शिष्य सम्भाल नहीं पाये। शायद वे लोग इन ग्रन्थों का महत्व नहीं समझते थे। अरस्तू ने अपने समय में कोई ऐसा विषय नहीं छोड़ा था जिसपर उन्होंने अपनी राय न दी हो। उन्हें केवल गणित से अरूचि थी। उन्होंने पाश्चात्य राजनीति चिन्तन को एक नई दिशा दी। उनके लेखन के सम्बन्ध में आक्सफोर्ड विश्वविद्यालय ने समूचे ग्रन्थ संग्रह को 3500 पृष्ठों में छाप कर उसे 12 खण्डों में प्रकाशित किया। वास्तव

में अरस्तू अपने समय में यूनानी ज्ञान विज्ञान के विश्व कोस थे। उन्होंने सामान्यतः निम्नलिखित विषयों पर लिखा या अपने विचार व्यक्त किए।

- राजनीति
- इतिहास
- न्याय
- पराविद्या
- खगोल विज्ञान
- मनोविज्ञान
- कविता
- नाटक
- ज्योतिष
- भौतिकी
- चिकित्सा
- गणित
- संगीत
- प्राणिविज्ञान
- जन्तु विज्ञान
- कृषि
- नृत्य
- थियेटर
- तर्क शास्त्र
- शिक्षा शास्त्र
- अर्थ शास्त्र
- नीति शास्त्र
- सौन्दर्य शास्त्र

- संविधान
- तत्व विज्ञान
- काव्य शास्त्र
- अलंकार शास्त्र आदि

मुख्य 2 विषयों पर अरस्तू के विचार यहां प्रस्तुत किए जा रहे हैं –

- अरस्तू द्वारा लिखी गई पालिटिक्स, कन्स्टीट्यूशन्स और ऐथिक्स वे रचनाएं हैं जो राजनीति विज्ञान से सम्बंधित हैं। अरस्तू के राजनीतिक विषयों में नैतिकता मुख्य रूप से समाहित है। उनका मानना था कि राजनीति और नैतिकता में घनिष्ठ सम्बन्ध होता है क्योंकि नीति शास्त्र राजनीति के लिए मार्ग दर्शन का कार्य करता है अर्थात् राजनीतिक जीवन से नैतिकता को अलग नहीं किया जा सकता है। राजनीति को कुछ नैतिक नियमों का अनुसरण करना चाहिए।
- कान्स्टीट्यूशन अरस्तू की महत्वपूर्ण रचना मानी जाती है। उस समय अरस्तू ने 158 देशों के संविधान एकत्र कराए थे और इनका गहन अध्ययन किया था तथा शासन व्यवस्था के मूल तत्वों का विश्लेषण किया था। एथेंस का संविधान इनमें प्रभुत्व था।
- अरस्तू की रचना पालिटिक्स पर विद्वानों के मध्य विवाद रहा है। अनेक विद्वानों ने इसे अमूल्य निधि और अपने समय का महत्वपूर्ण ग्रन्थ बताया है जबकि कुछ विद्वानों ने इसे अपूर्ण और भ्रमपूर्ण बताया है। कुछ विद्वानों ने इसे एक साधारण रचना माना है। कुछ लोग पालिटिक्स को अरस्तू के व्याख्यानों का संग्रह मात्र बताते हैं। इसमें सामग्री क्रमबद्धता का अभाव बताया गया है। लोगों का मत है कि शायद कई पुस्तकों को एक साथ जोड़ दिया गया है। वैसे पालिटिक्स नामक पुस्तक के आठ भाग बताए जाते हैं। जिनमें पहले भाग में राज्य की प्रकृति तथा दास प्रथा, दूसरे भाग में प्लेटो

के दर्शन की आलोचना, तीसरे भाग में विभिन्न संविधानों का वर्णन, चौथे हिस्से में राजतन्त्र पांचवे हिस्से में क्रान्ति सम्बधी विचार, छठे हिस्से में पांचवे भाग का विस्तार देकर निष्कर्ष निकाले गए, सातवें भाग में आदर्श राज्य तथा शिक्षा सम्बन्धी सिद्धान्तों तथा आठवें हिस्से में युवकों के प्रशिक्षण, शारीकि शिक्षा, संगीत शिक्षा आदि का वर्णन मिलता है।

- अरस्तू की अध्ययन पद्धति अपने गुरु प्लेटो की अध्ययन पद्धति से भिन्न है क्योंकि जहां प्लेटो की अध्ययन पद्धति में उड़ान, समुद्री लहरों की भांति उतार चढ़ाव, कवित्व तथा दार्शनिकता पायी जाती है वहीं अरस्तू की अध्ययन पद्धति में जड़त्व, ठहराव गद्यात्मक तथा वैज्ञानिकता का पुट अधिक है। वास्तव में प्लेटो को राजनीतिक दर्शन का जनक माना जाता है जबकि अरस्तू को राजनीति विज्ञान का जनक माना जाता है। क्योंकि अरस्तू की लेखन शैली एक वैज्ञानिक की भांति है, उनका ग्रन्थ क्रमबद्ध तथा समीक्षात्मक है। इतिहास बताता है कि अरस्तू ने विभिन्न प्रकार के प्राकृतिक तत्वों के निरीक्षण, खोज एवं सामग्री संकलन के लिए लगभग 1000 लोग लगा रखे थे। यह सुविधा उन्हें उनके शिष्य सिकन्दर द्वारा उपलब्ध करायी गई थी। वे किसी भी तत्व को निरीक्षण, अनुसंधान एवं उसकी व्यवहारिकता के आधार पर ही स्वीकार करते थे। अपनी अध्ययन पद्धति में अरस्तू तथ्य की ऐतिहासिकता और तुलनात्मकता पर बल देते थे। वे वर्तमान को समझने के लिए उसके अतीत को खंगालना आवश्यक समझते थे। उनका मानना था कि इतिहास सभी रहस्यों की कुंजी है। अपनी अध्ययन पद्धति में अरस्तू यह भी मानते थे कि प्रत्येक वस्तु या विषय का अपना एक उद्देश्य होता है और प्रत्येक वस्तु या विषय अपने विकास रूपी उद्देश्य की

ओर अग्रसर रहती है। अरस्तू ने सभी अति बातों को छोड़ते हुए मध्यम मार्ग को अपनाया था। वे अपने अध्ययन को स्वर्णिम मार्ग कहते थे।

- राज्य की उत्पत्ति के सम्बन्ध में अरस्तू के विचार अपने गुरु प्लेटो के विचारों से भिन्नता रखते है। अरस्तू का मानना था कि व्यक्ति अपनी प्रकृति और स्वभाव से एक सामाजिक प्राणी है। वह समाज के बिना नहीं रह सकता। वह न तो देवी देवता है और न पशु है। मनुष्य होने के नाते उसे समाज में रहना उसकी आवश्यकता है। परिवार रूपी पहली सामाजिक संस्था मनुष्य के स्वरूप का विस्तार है। कोई भी व्यक्ति अपनी समस्त आवश्यकताओं को स्वयं पूरा नहीं कर सकता। इसीलिए मनुष्य ने परिवार की रचना की क्योंकि उसकी आवश्यकताएं परिवार के माध्यम से पूरी होती हैं। उनका यह भी मानना था कि परिवार भी अपने स्वभाव और प्रकृति से परिपूर्ण नहीं होता क्योंकि वह भी अपनी समस्त आवश्यकताओं को अकेले पूरा नहीं कर सकता, इसीलिए गांवों की स्थापना होती है। यदि और गहराई से देखा जाए तो गांव परिवारों का विस्तार मात्र होते है गावों के कारण ही परिवार में सामाजिकता और सामूहिकता की भावना आती है। वैसे देखा गया है कि गांव भी अपने आप में आत्म निर्भर नहीं होते, इसीलिए गांव राज्य की ओर देखते हैं। इस प्रकार राज्य गांवों का विस्तार है और गावों के समूह के आधार पर राज्यों की स्थापना हुई। अरस्तू निष्कर्ष निकालते हैं कि राज्य प्रकृति की रचना है और मनुष्य स्वभाव से एक सामाजिक/राजनीतिक प्राणी है। अरस्तू कहना चाहते थे कि राज्य का निर्माण एक स्वाभाविक घटना है उसे बनाना नहीं पड़ता। वह स्वयं अपने आप बनता चला जाता है। अर्थात् राज्य मनुष्य की सामाजिकता का फल हैं और

इसका विकास अचानक किसी समझौते के कारण न होकर क्रमिक रूप से बनता या सवंरता रहता है। राज्य को बनाया नहीं गया वरन स्वतः बन गया है।

- राज्य की प्रकृति के सम्बन्ध में भी अरस्तू के अपने विचार हैं। अरस्तू राज्य को एक जैविक संस्था मानते थे। उन्होंने राज्य की तुलना मानव शरीर से की थी। उनका मानना था कि जैसे शरीर के विभिन्न अंगों का शरीर के साथ सम्बन्ध होता है वैसा ही सम्बन्ध व्यक्तियों का राज्य के साथ होता है। राज्य के बिना व्यक्ति का कोई अस्तित्व नहीं होता अर्थात् व्यक्ति का हित राज्य के हित का एक अट्टू अंग होता है क्योंकि व्यक्ति के हित राज्य के हित में ही निहित होते हैं। दूसरी ओर राज्य का विकास उसी प्रकार से होता है जिस प्रकार से मानवीय शरीर का विकास होता है। यह अवधारणा बताती है कि राज्य के विकास का स्वरूप एकता रूपी है अर्थात व्यक्ति परिवार तथा गांव, राज्य रूपी शरीर के अंग हैं। यह अंग एक दूसरे से सम्बधित होते हैं और इनका क्रमिक विकास होता रहता है। एक दूसरे के सहयोग के बिना सभी अपूर्ण हैं।
- अरस्तू राज्य को व्यक्ति से पूर्व मानते हैं। उनका मानना था कि बिना राज्य के व्यक्ति की कल्पना नहीं की जा सकती है। जैसे जब हम किसी भवन को देखते हैं तो सबसे पहले उस भवन की ही चर्चा करते हैं, उसकी प्रशंसा करते है या उसकी बुराई करते हैं। उसकी छत, सीढ़ियों, कमरों, खिड़की, दरवाजों की बात तो बाद में करते हैं। उसी प्रकार राज्य भी हमारे शरीर की भांति ही होता है जिसे सबसे पहली निगाह से हम देखते हैं अर्थात राज्य का विचार व्यक्ति से पहले आता है। जब हम किसी भवन की बात करते हैं तो सबसे पहले उसका खाका, उसका आकार, उसकी लम्बाई, चौड़ाई ही विचार

में आती है उसके निर्माणकारी तत्वों पर बाद में विचार होता है। यद्यपि ऐतिहासिक रूप से देखा जाए तो व्यक्ति राज्य से पहले आता है क्योंकि पहले व्यक्ति आया, तब परिवार हुआ, उसके बाद गांव और गांव के बाद राज्य निर्मित हुए। परंतु प्रकृति की दृष्टि से राज्य व्यक्ति से पहले आया है। कहते हैं कि राज्य का स्वरूप उसकी सोच, उसका लक्ष्य, उसकी कल्पना आदि सभी उसकी व्यावहारिक रचना से पहले आते हैं। इस प्रकार भी राज्य व्यक्ति से पहले है क्योंकि यदि शरीर ही नहीं होगा तो उसके अंगों का अस्तित्व कहां होगा।

- अरस्तू के राज्य का लक्ष्य या उद्देश्य भी अपने गुरु के विचार से भिन्न था। अरस्तू का मानना था कि राज्य कोई पुलिस राज्य नहीं है क्योंकि उसके उद्देश्य राजनीतिक लक्ष्यों की प्राप्ति तक ही सीमित नहीं हैं वरन उसका उद्देश्य व्यक्ति के लिए सम्मानजनक जीवन की प्राप्ति है। अतः राज्य का स्वरूप नैतिक है। अरस्तू ने स्पष्ट शब्दों में लिखा है कि राज्य का अस्तित्व सद्जीवन के लिए है, मात्र जीवन के लिए नहीं है। यदि राज्य का उद्देश्य केवल जीवन बनाए रखना होता तो दास और जंगली पशु भी अपना राज्य बना लेते। इस प्रकार अरस्तू का मानना था कि राजनीतिक समाज का अस्तित्व उदार कार्यों के लिए है केवल साहचर्य के लिए नहीं है। अरस्तू ने एक जगह पर स्पष्ट करते हुए लिखा है कि मनुष्य का उद्देश्य एक नैतिक और आनन्द पूर्वक जीवन बिताना हे और राज्य ऐसे जीवन को सम्भव बनाने के लिए ही विद्यमान हैं। इस प्रकार राज्य स्वयं में एक नैतिक संस्था है तथा एक नैतिक और सद्गुणी जीवन का निर्माण करना ही उसका लक्ष्य है।
- अरस्तू ने न्याय के सम्बन्ध में भी अपना मत व्यक्त किया है। वैसे तो न्याय के मामले में अरस्तू और उनके गुरु प्लेटो के मत में कोई

विशेष भिन्नता नहीं है क्योंकि प्राचीन यूनानी विचारकों के दर्शन का सार न्याय ही रहा है। प्लेटो ने तो अपनी रिपब्लिक नाम रचना में न्याय को उप शीर्षक के रूप में शामिल किया था। अपने गुरु की भांति ही अरस्तू भी न्याय को राज्य के लिए महत्वपूर्ण मानते थे। उनका कहना था कि जहां न्याय नहीं होता वहां की राज्य व्यवस्था अधिक दिनों तक सही प्रकार से नहीं चल सकती। अरस्तू कहते थे कि "व्यक्ति जब सम्पूर्ण होता है तो वह पशुओं में सर्वोत्तम होता है और यदि उसे कानून व न्याय से अलग कर दिया जाए तो वह पशुओं में सबसे नीचतम होता है। अरस्तु के अनुसार न्याय एक सद्गुण से अर्थात् सभी गुणों का एक समूह है। अतः यह कहा जा सकता है कि न्याय सद्गुणों से भी श्रेष्ठ है। क्योंकि न्याय केवल सद्गुण ही नहीं है वरन सद्गुणों का व्यावहारिक रूप है। जैसे सत्य अपने आप में एक सद्गुण है लेकिन सत्य बोलना न्याय है। अर्थात् समाज में रहते हुए दूसरों के साथ सद्व्यवहार करना ही न्याय है। राजनीति में सर्वोत्तम की प्राप्ति तथा उसका लोक हित में उपयोग ही न्याय है। अरस्तू न्याय को राजनीति को एक आवश्यक गुण मानते हैं। न्याय ही राजनीतिक समुदाय का मार्ग दर्शन करता है। न्याय हो तो राज्य विनाश से बच जाते हैं तथा राजनीतिक जीवन स्वच्छ व स्वस्थ बन जाते हैं। अरस्तू ने न्याय को सामान्य व विशिष्ट दो भागों में विभाजित किया था। सामान्य न्याय को वे सम्पूर्ण न्याय मानते थे जबकि विशिष्ट न्याय को वे सामान्य न्याय का ही एक हिस्सा मानते थे। सामान्य न्याय को वे सम्पूर्ण अच्छाइयों का ही दूसरा नाम मानते थे।

- अरस्तू ने सम्पत्ति के सम्बन्ध में भी अपनी पुस्तक पालिटिक्स में वर्णन किया है। अरस्तू की दृष्टि में सम्पत्ति किसी परिवार का एक

महत्वपूर्ण भाग है और परिवार राज्य का हिस्सा है। सम्पत्ति परिवार के सदस्यों की जरूरतों को पूरा करती है। रोटी कपडा और मकान सम्पत्ति के वे साधन हैं जिनके माध्यम से व्यक्तियों की भौतिक जरूरतों की पूर्ति होती है। सम्पत्ति व्यक्ति की क्षुधा शान्ति का साधन है। अरस्तू इस बात के समर्थक रहे हैं कि व्यक्ति के पास उतनी ही सम्पत्ति होनी चाहिए जितने से उसकी जरूरतें पूरी हो जाएं। अरस्तू असीमित सम्पत्ति के समर्थक नहीं रहे। वे सम्पत्ति में कोई बुराई नहीं देखते वरन वे सम्पत्ति को व्यक्ति व सामज के लिए अच्छाई के रूप में देखते थे क्योंकि सम्पत्ति श्रेष्ठ जीवन को सम्भव बनाती है। व्यक्ति व समाज की आवश्यकताओं की पूर्ति करती है। यह सुख का एक साधन है। समाज के विकास का सूचक है। इसके माध्यम से उदारता, मित्रता, सत्कार जैसे गुणों का पालन करने में मदद मिलती है। इससे दानशीलता, आत्म सन्तोष तथा प्राकृतिक आनन्द की अनुमति होती है। इसके द्वारा लोगों में पहल करने उत्साह बनाए रखने तथा दायित्व समझने की भावनाएं प्रबल होती हैं।

अरस्तू सम्पत्तियों को दो भागों में विभाजित करते थे। एक-निर्जीव सम्पत्तियां जैसे भूमि मुद्रा, मकान पूंजी आदि और दूसरी - सजीव सम्पत्तियां जैसे सेवक, दास, गाय, बैल, घोड़े आदि। अरस्तू दोनों प्रकार की सम्पतियों को आवश्यक मानते थे। उनका मानना था कि कोई वस्तु सम्पत्ति तभी कही जाएगी जब उसे समाज की स्वीकृति मिली हुई हो अर्थात समाज स्वीकार करे कि अमुक सम्पति का स्वामी कौन है। अरस्तू सम्पत्ति को राज्य के साथ भी जोड़ते थे अर्थात सम्पत्ति को राज्य का संरक्षण प्राप्त होना चाहिए क्योंकि राज्य के प्रमुख कार्यों में समाज की सम्पत्ति की रक्षा का कार्य भी शामिल है। अरस्तू सम्पत्ति को अर्जित करने के दो तरीकों का वर्णन करते हैं एक प्राकृतिक तरीका दूसरा अप्राकृतिक तरीका। प्राकृतिक

तरीके में श्रम के माध्यम से अर्जित सम्पत्तियों को शामिल किया गया है जैसे कृषि, पशुपालन आदि। लेकिन यदि धन से धन अर्जित किया जाएगा तो उसे अप्राकृतिक तरीका कहा जाएगा जैसे व्यापार से धन अर्जित करना, ब्याज के रूप में धन अर्जित करना आदि। अरस्तू सम्पत्ति अर्जित करने के लिए प्राकृतिक तरीके को उचित मानते थे। उनका मानना था कि आप्राकृतिक तरीके से सम्पत्ति अर्जित करने में लोगों के बीच असमानता बढ़ती है, गरीबी और बेरोजगारी बढ़ती है तथा मनुष्य द्वारा ही मनुष्य का शोषण होता है। इसीलिए अरस्तू चाहते थे कि सम्पत्ति संग्रह पर समाज या राज्य का नियन्त्रण होना चाहिए।

- अरस्तू ने परिवार के सम्बन्ध में भी अपने विचार व्यक्त किए हैं। अरस्तु के अनुसार सभी पुरुष तथा दास व स्वामी के योग से जो संस्था बनती है, वहीं परिवार है। परिवार सामाजिक जीवन की पहली तथा महत्वपूर्ण इकाई है। परिवार का उद्देश्य अपने सदस्यों के लिए सुख शान्ति व उसकी आवश्यकताओं की पूर्ति की कामना करना है। अरस्तू मानते थे कि परिवार विकसित समुदायों में सबसे प्रथम समुदाय है। अरस्तू परिवार के त्रिकोणात्मक सम्बन्धों की बात करते थे। उनके अनुसार पति-पत्नी, स्वामी-दास, माता-पिता और सन्तानें इन तीनों सम्बन्धों से जो समुदाय बनता है वही परिवार है। इस परिवार के पास अपनी सम्पत्ति भी होती है। परिवार केवल सन्तान उत्पत्ति का साधन मात्र नहीं है वरन वह सामाजिक व नागरिक जीवन के लिए पाठशाला भी है। क्योंकि सामाजिक जीवन में परिवार की महत्वपूर्ण भूमिका होती है। परिवार अपने सदस्यों में नागरिक गुण पैदा करने में सहायक होता है क्योंकि कोई भी व्यक्ति सामाजिक जीवन का पहला पाठ परिवार में ही पढ़ता है। इसके साथ ही परिवार राज्य की प्रथम इकाई होती है क्योंकि परिवारों से ही गांव

और गांव से ही राज्य अस्तित्व में आते हैं। अरस्तू ने परिवारों का स्वरूप पैत्रिक माना है। वे पुरुष को परिवार का मुखिया मानते थे। उनका कहना था कि परिवार पर पुरुष का अधिकार स्वाभाविक है क्योंकि पुरुष स्त्री से बल के रूप में शक्तिशाली, दास की अपेक्षा अधिक बुद्धिमान और अपनी सन्तान से बड़ा होता है इसीलिए वह परिवार का मुखिया होता है। अरस्तू पितृ प्रधान परिवार को मानते थे। उनकी परिवार व्यवस्था में महिलाओं की स्थिति निम्नतर थी। वे महिलाओं को घर की चाहारदिवारी के अन्दर रखने के समर्थक थे। वे महिलाओं को शासन के लिए अयोग्य घोषित करते थे और उन्हें वासना तथा दुर्बलता का पात्र मानते थे। वह स्त्री पुरुष समानता के पक्ष धर नहीं थे। वह पुरुषों द्वारा स्त्रियों पर नियन्त्रण की वकालत करते थे। अरस्तू परिवारों की खुली स्वतन्त्रता के भी समर्थक नहीं थे। वह परिवार पर राज्य का नियन्त्रण चाहते थे वह चाहते थे कि परिवार के सदस्यों की संख्या को सीमित रखने के लिए राज्य कानून बनाएं तथा विवाह के लिए स्त्री पुरुष की आयु सीमा राज्य द्वारा निर्धारित होनी चाहिए। वह चाहते थे कि सन्तान उत्पत्ति से पूर्व दम्पत्ति चिकित्सकों की राय ले। अवैध सन्तान रोकने के लिए वे गर्भपात के हिमायती थे। वे स्त्री की विवाह योग्य आयु और पुरुष की विवाह योग्य आयु में 20 वर्ष का अन्तर चाहते थे।

दासता के सम्बन्ध में भी अरस्तू ने लिखा है। उन दिनों यूनानी समाज में दासता अनिवार्य अंग था क्योंकि दास व्यवस्था को अलग रखकर यूनानी समाज की कल्पना भी नहीं की जा सकती थी। अरस्तू ने लिखा था कि जिस प्रकार वीणा आदि वाद्ययन्त्रों के बिना उत्तम संगीत उत्पन्न नहीं हो सकता उसी प्रकार दासों के बिना स्वामी के उत्तम जीवन की कल्पना नहीं की जा सकती। अरस्तू

कहते थे कि दास एक स्वतन्त्र नागरिक के जीवन यापन का अंग है और उसे नागरिक की सजीव सम्पत्ति है। दास में शारीरिक शक्ति अधिक होती है परन्तु बुद्धि केवल इतनी होती है कि वह अपने स्वामी के आदेशों को समझ सके। अरस्तू दास को परिवार का अनिवार्य अंग मानते थे। उनके अनुसार दास परिवार के नौकर तथा कृषि कार्य करने वाले होते हैं। अरस्तू ने दास के जीवन में क्रूरता और उत्पीड़न की कल्पना नहीं की थी। वे दासों को दो तरह का मानते थे। एक-निर्जीव जैसे भूमि, जंगल, मकान, खेत आदि दूसरे सजीव - जैसे दास, घोड़ा, बैल, भेड़ आदि। अरस्तू परिवार के कल्याण के लिए दोनों प्रकार के दासों को अनिवार्य मानते थे। वे कहते थे कि दासों के बिना परिवारों की कल्पना नहीं की जा सकती। दासता को वे प्राकृतिक और अनिवार्य मानते थे। वे मानते थे कि जन्म से ही कुछ लोग शासन करने के लिए और कुछ लोग शासित होने के लिए पैदा होते हैं। यह भेद प्रकृति ने ही पैदा किया है इतिहास बताता है कि एक बार तो प्लेटो को भी दास बनना पड़ा था। अरस्तू किसी की जबरन दास बनाने के पक्ष में नहीं थे। उनका यह भी मानना था कि जरूरी नहीं है कि दास का पुत्र दास ही होगा। वह स्वामियों को दासों के प्रति मित्रता और समझदारी का व्यवहार की सीख भी देते थे।

- प्राचीन यूनानी व्यवस्था में शिक्षा को महत्वपूर्ण माना जाता था। अरस्तू ने भी अपनी पुस्तक पालिटिक्स में शिक्षा पर विशेष बल दिया है। यूनानी दार्शनिकों का विचार था कि शिक्षा व्यक्ति की आन्तरिक क्षमताओं का निखार करके उसके व्यक्तित्व का विकास करती है तथा उसे संकीर्ण विचारों से मुक्त करती है। अरस्तू समाज, राज्य तथा व्यक्ति के विकास के लिए स्वस्थ शिक्षा प्रणाली को वरदान समझते

थे। इसी कारण वे राज्य के निर्माण में शिक्षा को अनिर्वाय समझते थे। वे कहते थे – "जब तक राज्य में शिक्षा को सुव्यवस्थित और सुनियोजित ढंग से स्थापित नहीं किया जाएगा तब तक किसी आदर्श राज्य की स्थापना मूर्तरूप ग्रहण नहीं करेगी। वे शिक्षा को एक प्रकार का प्रशिक्षण मानते थे जिसके माध्यम से आदर्श नागरिक तैयार होते हैं। वे कहते थे कि शिक्षा मात्र पढ़ने लिखने तक ही सीमित नहीं है, वह विवके का स्त्रोत है, स्व विकास का लक्ष्य है, वह चेतना को तेज व मस्तिष्क को सक्रिय करती है तथा सोचने समझने के दायरे को बढ़ाती है। शायद यही कारण था कि उस समय प्रत्येक राज्य अपने यहां शिक्षा के प्रचार प्रसार में लगा रहता था तथा प्रत्येक राज्य में विद्वानों का सम्मान होता था। उनका मानना था कि नागरिकों को ऐसी शिक्षा दी जाए जिससे वे प्रारम्भ में अच्छे व आज्ञाकारी नागरिक बनें और बाद में शासन व्यवस्था में सहयोग करें।

- अरस्तू ने नागरिक और नागरिकता के सम्बन्ध में विचार व्यक्त किए हैं अरस्तू कहते थे कि नागरिक के लिए आवश्यक नहीं है कि वह किसी राज्य का निवासी हो क्योंकि एक राज्य में तो दूसरे राज्यों के व्यक्ति भी निवास करते हैं। साथ ही यह भी आवश्यक नहीं है कि वह किसी परिवार का सदस्य हो। नागरिक के लिए यह भी आवश्यक नहीं है कि वह किसी आर्थिक या भौतिक गतिविधि में लगा हुआ हो और घर परिवार की जरूरतों को पूरा करता हो। अरस्तु के अनुसार एक नागरिक को सद्गुणों का स्वामी, सार्वजनिक मामलों में विषय रुचि सार्वजनिक मामलों में सोचने विचारने के लिए पर्याप्त समय तथा अवकाश व विश्राम होना चाहिए तथा न्याय देने एवं कानून बनाने की क्षमता हो। जो व्यक्ति किसी राज्य के कानून निर्माण एवं न्याय प्रशासन में भाग लेने में समर्थ हो उसे उस राज्य का नागरिक

कहा जाता है। अरस्तू परिवार के अन्य सदस्यों, स्त्रियों, दासों और बच्चों को नागरिक नहीं मानते थे।

- कानून के मामले में अरस्तू और प्लेटो में मतभेद था। प्लेटो कानून को महत्व नहीं देते थे। उनका कहना था कि जहां शासक सद्गुणी है वहां कानून की आवश्यकता नहीं है और जहां शासक सद्गुणी नहीं है वहां कानून निरर्थक होते हैं। जब कि अरस्तू इसके उलट मानते हैं। उनका कहना है कि कानून के बिना, एक बुद्धिमान शासक कितना ही ज्ञानी क्यों न हो, स्वच्छ शासन नहीं कर सकता। वे कहते हैं कि शासन चाहे एक व्यक्ति के हाथ में, कुछ लोगों के हाथ में हो या बहुत सारे लोगों के हांथो मे हो, शासक को कानून के अनुसार ही शासन करना चाहिए। अरस्तु कानून को बुराई नहीं वरन श्रेष्ठ जीवन के लिए अनिवार्य अच्छाई मानते थे। विवके सद्गुण, नैतिकता, न्याय आदि से जोड़कर उसकी सर्वोच्चता पर अधिक बल देते थे। वे कहते थे कि शासन कानून का हो, व्यक्तियों का नहीं।
- संविधानों, राज्यो, सरकारों, शासन प्रणालियों के विभाजन का मुद्दा अरस्तू के राजनीतिक विचारों का एक महत्वपूर्ण हिस्सा रहा है। उन्होंने 158 सविधानों के गहन अध्ययन एवं विशलेषण के बाद ही विभिन्न प्रकार के राज्यों या संविधानों के संबंध में अपना मत व्यक्त किया था। अरस्तू संविधान को राजनीति के साथ जोड़ते थे। उनके अनुसार "संविधान राज्य में विभिन्न पदों का संगठन है जिससे उनकी वितरण विधि को निश्चित किया जाता है, सार्वभौम सत्ता का निर्धारण किया जाता है तथा समुदाय व उसके समस्त सदस्यों के द्वारा अंगीकार लक्ष्य की प्रकृति का निर्णय किया जाता है।" राज्यों के वर्णन को लेकर अरस्तू ने दो आधार बताए हैं एक संख्या तथा दूसरा उद्देश्य/संख्या के लिए वे कहते थे कि यदि राज्य सत्ता एक

व्यक्ति के हांथ में है तो वह राजतन्त्र है, कुछ लोगों के हाथ में है तो उसे कुलीन तन्य और यदि वह बहुत सारे लोगों के हाथ में है तो उसे समाजतन्त्र कहा जाएगा। समाज तन्त्र को वे लोकतन्त्र भी कहते थे। उद्देश्य को लेकर अरस्तू बहुत व्यापक विचार रखते थे। उनका मानना था कि यदि शासन शक्ति एक व्यक्ति के हाथ में है और वह उस शक्ति का उपयोग सर्व कल्याण के लिए करता है तो उसे राजतन्त्र कहा जाएगा, और यदि वह व्यक्ति सत्ता का उपयोग केवल स्वयं के लिये या अपने सगे सम्बधियों के लिए करता है तो उसे निरंकुशतन्त्र कहा जाएगा। यदि राज्य शक्ति कुछ व्यक्तियों के हाथ में है और वे उस शक्ति का प्रयोग सर्व कल्याण के लिए करते है तो उसे कुलीन तन्त्र और यदि शक्ति का प्रयोग केवल स्वयं व अपने वर्ग के हित के लिए करते हैं तो उसे अल्पतन्त्र कहा जाएगा। यदि शासन सत्ता बहुत सारे लोगों के हाथों में है और उस शक्ति का उपयोग सर्वकल्याण के लिए होता है तो उसे समाजतन्त्र तथा यदि शक्ति का उपयोग केवल शासन करने वालों के हित में होता है तो उसे भीड़तन्त्र कहा जाएगा।

- राज्यों के विभाजन के सम्बन्ध में अरस्तू का कहना था कि आरंभ में राजतन्त्र अस्तित्व में होता है क्योंकि शक्ति एक व्यक्ति में निहित होती है जिसे राजा कहते है। प्रारम्भ में राजा लोग सर्व कल्याण की बात करते हैं अतः राजतन्त्र चलता रहता है। कुछ समय बाद राजा लोग पक्षपात करने लगते हैं और स्वयं तथा परिवार को प्राथमिकता देने लगते हैं उनमें अहंकार आने लगता है। अतः राजतन्त्र निरंकुश तन्त्र में बदल जाता है कुछ दिन निरकुंश तन्त्र चलता है। जब भेदभाव और अत्याचार बहुत बढ़ जाते है तब जनता के मध्य से कुछ कुलीन लोग आगे आते हैं और राजा के हांथो से सत्ता छीन लेते हैं।

ऐसे कुलीन लोग कुछ दिन सत्ता का उपयोग सर्व कल्याण के लिए करते हैं और कुलीन तन्त्र स्थापित होता है। कुछ दिन बाद यह वर्ग भी पक्षपात करने लगता है और सत्ता का उपयोग स्वयं तथा सगे सम्बधियों के लिए करने लगता है इस प्रकार कुलीन तन्त्र के स्थान पर अल्पतन्त्र स्थापित हो जाता है। कुछ दिन बाद द्वाद अल्पतन्त्र सत्ता में सर्वे सर्वो हो जाता है और आम जनता का शोषण होने लगता है तब इसके विरूद्ध जनता आवाज उठाती है और सत्ता को अपने हाथों में ले लेती है। अपने प्रतिनिधियों के माध्यम से शासन चलाती है और इस तरह से समाज तन्त्र की स्थापना होती है। इसे भीड़तन्य भी कहा जाता है जो लोग सत्ता में होते है कुछ दिन बाद वे भी भ्रष्ट हो जाते हैं और समाजतन्त्र भ्रष्ट तन्त्र में बदल जाता है। वे भ्रष्ट तरीके से शासन करने लगते हैं। ऐसे में कोई व्यक्ति समाज से निकल कर आगे आता है और ऐसे शासन से छुटकारा दिलाने के नाम पर सत्ता अपने हाथ में ले लेता है और फिर से राजतन्त्र स्थापित हो जाता है अरस्तू का मानना था कि शासन का यह चक्र चलता रहता है।

- अरस्तू ने क्रान्ति पर भी अपने विचार लिखे हैं। प्राचीन यूनानी व्यवस्था में क्रान्ति को नकारात्मक रूप में लिया जाता था। क्रान्ति को राजनीति से जोड़ा जाता है क्योंकि इससे सत्ता में परिवर्तन होता है। इसीलिए विद्रोह, तख्ता पलट आदि को क्रान्ति कहा जाता है। अरस्तू क्रान्ति की जड़ में असमानता को मानते थे। वे कहते थे कि क्रांति का मूल कारण सदैव आसमानता में पाया जाता है। अरस्तू के अनुसार क्रान्ति के पीछे कई कारण हो सकते हैं जैसे शासक का भ्रष्ट हो जाना योग्य व्यक्तियों की सम्मान पाने की इच्छा, शासकों द्वारा शासन शक्ति का दुरपयोग, शासन के प्रति अविश्वास एवं भय

और घृणा आदि क्रान्ति का वातावरण तैयार करते हैं। अरस्तू ने विभिन्न शासन प्रणालियों में क्रान्ति से बचने के लिए अलग-अलग तरीके के सुझाव भी दिए हैं।

- अरस्तू ने सर्वोच्च व्यवहारिक राज्य की अवधारणा भी प्रस्तुत की थी। वे एक आदर्श राज्य की कल्पना करते हैं। एक आदर्श राज्य के लिए वे कई विशेषताओं का सहारा लेते हैं। सबसे पहली बात वह जनसंख्या को बताते हैं। वे कहते हैं कि राज्य की जनसंख्या इतनी भी कम नहीं होनी चाहिए कि राज्य सेना के अभाव में अपनी रक्षा भी न कर सके और इतनी अधिक भी नहीं होनी चाहिए कि राज्य अपने नागरिकों को सुख सुविधा न दे सके और उसके साधन चरमरा जाएं। इसी प्रकार वे राज्य की भूमि की बात भी करते हैं। उनका मानना है कि राज्य के पास पर्याप्त भूमि होनी चाहिए ताकि जनसंख्या का एक भाग स्थायी रूप से वहां निवास कर सके क्योंकि घुमन्तू लोग राज्य का निर्माण नहीं कर सकते। भूमि कृषि के योग्य होनी चाहिए ताकि राज्य के नागरिकों का भरण-पोषण सम्भव हो सके। वे जनसंख्या और भूमि के क्षेत्रफल में सामंजस्य की बात करते थे। अरस्तू आदर्श राज्य की भौगोलिक स्थिति का भी वर्णन करते है। उनका मानना था कि आदर्श राज्य का निर्माण युद्ध, रक्षा, व्यापार, कृषि तथा जन सुविधाओं को ध्यान में रख कर किया जाना चाहिए। यादि राज्य की सीमाएं समुद्री तट से लगती हों तो और भी उत्तम स्थिति होगी क्योंकि ऐसे राज्य को समुद्री व्यापार में सुविधा होगी। आदर्श राज्य में ऐसा सामाजिक वर्ग भी होना चाहिए जिसकी सहायता से राज्य आत्म निर्भर हो सके। अरस्तू चाहते थे कि आदर्श राज्य में जनसंख्या को उचित वर्गों में विभाजित किया जाना चाहिए जैसे खाद्य सामग्री की आपूर्ति के लिए कृषक वर्ग, उद्योग धन्धों के

लिए कारीगर वर्ग, राजय की रक्षा हेतु सैनिक वर्ग, वाणिज्य व व्यापार के लिए व्यापारी वर्ग, देवताओं की पूजा के लिए धार्मिक व पुजारी वर्ग न्याय के लिए न्यायाधीश वर्ग आदि होने चाहिए और सभी वर्गों को उत्कृष्ठ भावना से अपने-अपने कर्तव्यों की पूर्ति करनी चाहिए। किसी वर्ग को एक दूसरे के कार्यों में हस्तक्षेप नहीं करना चाहिए। वे यह भी चाहते थे कि आदर्श राज्य में कानून का शासन होना। चाहिए व्यक्ति के शासन की तुलना में कानून का शासन श्रेष्ठ होता है। वे आदर्श राज्य में मध्यम वर्ग की प्रधानता चाहते थे। वे कहते थे कि गरीबों की संख्या अधिक होने से झगड़े विवाद अधिक होते हैं, धनिक वर्ग की संख्या अधिक होने से अंहकार और समाज में असमानता बढ़ती है। मध्यमवर्ग से ही शासन में स्थिरता आती है। यद्यपि अरस्तू के समय राजतन्त्र की प्रधानता थी लेकिन वे विचार धारा के रूप में राज्यों में लोकतन्त्र चाहते थे। अरस्तु के अनुसार वही राज्य सर्वोत्तम राज्य है जिसमें शासन सत्ता मध्यम वर्ग के हाथों में होती है। क्योंकि सर्वोत्तम राजनीतिक समुदाय मध्यम वर्ग के नागरिकों के द्वारा ही बनाया जाता है और वे राज्य ही अच्छी तरह से प्रशासित हो सकते हैं जिनमें मध्यम वर्ग बड़ा और ताकत वर है। मध्यम वर्ग ही प्रशासन में अति की किसी सीमा से बचाव करता है।

- अरस्तू कहते थे कि मुनष्य एक सामाजिक प्राणी है इसी लिए वह दूसरों के साथ हिल मिल कर रहता है। इसी कारण समाज की रचना हुई और मुनष्य की अभिव्यक्ति सम्भव हो सकी। अरस्तू ने जीवन विज्ञान का गहन अध्ययन किया था। इस विज्ञान में उनकी रुचि भी थी क्योंकि इस विज्ञान से उनका बचपन से ही लगाव था। इसी विज्ञान की गहराई में जाकर उन्होंने पाया कि मिल जुल कर रहने की प्रवृति तो अन्य जीवों में भी पायी जाती है लेकिन चूंकि

मनुष्य एक विवेकशील और विचारवान प्राणी है इसीलिए मनुष्य की सामाजिकता उच्च श्रेणी की होती है। अपनी उच्चता के कारण ही निम्न श्रेणी की सामाजिकता पर मनुष्य ने नियन्त्रण किया और पशुओं तथा दासों आदि को अपनी सम्पत्ति माना।

- नगर के आकार के सम्बन्ध में अरस्तू का मत था कि आदर्श नगर की जनसंख्या पर्याप्त हो। अर्थात जो न तो सुखी जीवन की आवश्यकताओं के लिए कम हो और न अधिक हो। उनके अनुसार कृषक, व्यवसायी, शिल्पी, श्रमिकों आदि की संख्या भी अनुकूलतम होनी चाहिए। अधिक से अधिक नगर की जनसंख्या इतनी होनी चाहिए जिसे एक नजर में देखा जा सके या एक व्यक्ति की आवाज सभी को सुनाई पड़ सके। अरस्तू को विशाल नगरों की कल्पना प्रिय नहीं थी। उनके शिष्य सिकन्दर ने जो विशाल नगरों का निर्माण शुरू किया था, अरस्तू उससे सहमत नहीं थे। उनका मत था कि नगर के नागरिक एक दूसरे से परिचित होने चाहिए।
- अरस्तू काव्य क्षेत्र में भी पीछे नहीं रहे। उनका काव्य शास्त्र पेरी पोइएतिकेश का पश्चिमी चिन्तन में अपना महत्वपूर्ण स्थान है। काव्य के क्षेत्र में अरस्तू ने अपने गुरु प्लेटो की तरह अनुकरणत्मक तो माना लेकिन विवेचन में भौतिकता का परिचय दिया। अरस्तू के अनुसार समस्त कलाओं के मूल में दो शक्तियां कार्य करती हैं। एक अनुकरण और दूसरी संगति। हमारी प्रकृति सभी चीजों को संगति में ही निर्मित करती है जैसे ऋतुए दिन रात आदि। कई कलाकर इसी को आधार बनाकर उसकी कलात्मक रूप प्रदान करता है इसीलिए मूल प्रवत्ति अनुकरण की ही होती है। मूल चीज भले ही कुरूप हो लेकिन उसका अनुकरण सुन्दर ही होता है। वे मानते थे कि कलाकार अपनी सृजनात्मकता के द्वारा प्रकृति की कमियों को भी ढ़क देता है।

अरस्तू वस्तुओं के सुन्दर, पूर्ण, प्रिय आदर्श और आनंददायक रूप को मानते थे। वे सतही चीजों को महत्व नहीं देते थे। काव्यशास्त्र के आरम्भ में ही अरस्तू ने स्पष्ट कर दिया था कि चित्रकार अथवा अन्य किसी भी कलाकार की तरह कवि भी अनुकरण करते हैं। काव्य के विभिन्न रूपों जैसे त्रासदी महाकाव्य, कामदी आदि को उन्होंने अनुकरण का ही एक रूप माना है।

- सम्पत्ति के वितरण के सम्बन्ध में अरस्तू का विचार अलग था। उनका कहना था कि सम्पत्ति से स्वामित्व और उसके उपभोग के तीन विकल्प हो सकते हैं। पहला स्वामित्व व्यक्तिगत हो लेकिन उसका उपभोग सार्वजनिक हो। दूसरा - स्वामित्व सार्वजनिक हो लेकिन उसका उपभोग व्यक्तिगत हो और तीसरा स्वामित्व और उपभोग दोनों सार्वजनिक हों। इन तीनों में से अरस्तू को पहला विकल्प पसन्द था। उनका मानना था कि सभी व्यक्ति न तो समान रूप से परिश्रमी होते है और न ही समान रूप से दायित्व वहन करने वाले होते हैं। यदि सम्पत्ति का स्वामित्व और उपयोग दोनो सार्वजनिक होंगे तो सम्पत्ति के वितरण का कार्य सन्तोषप्रद नहीं होगा क्योंकि यदि समानता का व्यवहार किया जाएगा तो उन लोगों के साथ अन्याय होगा जिन्होंने अधिक परिश्रम किया है। दूसरे जिसे सम्पत्ति पर सबका समान अधिकार होता है उसमें अनन्त विवाद पैदा होते हैं। जबकि व्यक्तिगत स्वामित्व वाली सम्पत्तियों में विवाद कम होते हैं बल्कि व्यक्ति को आत्म तृप्ति प्राप्त होती है तथा उदारता, दानशीलता आदि सद्गुणों का विकास होता है। मुनष्य की योग्यता, क्षमता आदि में असमानता के कारण अरस्तू इस निष्कर्ष पर पहुंचे कि एक ऐसी व्यवस्था की जानी चाहिए ताकि लोगों में बहुत अधिक धन सम्पत्ति की चाह पैदा न हो साथ ही बुरे लोगों के पास धन सम्पत्ति एकत्र न होने पाये।

- अच्छी जीवन पद्धति का वर्णन करते हुए अरस्तू ने सम्पत्तियों की तीन भागों में विभाजित किया था। एक - भौतिक सम्पत्तियां, दूसरी - शारीरिक सम्पत्तियां और तीसरी - अध्यात्मिक सम्पत्तियां। अरस्तू अध्यात्मिक सम्पत्तियों को प्राथमिकता देते थे। उनका कहना था कि भौतिक सम्पत्तियां एक सीमा तक ही उचित रहती है उसके बाद तो वे विपत्तियां बन जाती हैं जब कि अध्यात्मिक सम्पत्तियों में 'अति' वर्जित नहीं है। भौतिक और शारीरिक सम्पत्तियां आत्म सन्तुष्टि के लिए आवश्यक हैं अन्यथा उनका कोई महत्व नहीं है। व्यावसायिक और राजनीतिक जीवन की अपेक्षा चिन्तन और मनन परायण जीवन को वे अधिक महत्व देते हैं जो लोग दूसरो पर शासन करने और अधिक से अधिक सत्ता को अपने हाथे में रखने को ही कर्मठता मानते हैं उनसे अरस्तू समहत नहीं थे।
- अरस्तू व्यापार विरोधी नहीं थे लेकिन वे व्यापार द्वारा अमर्यादित धन कमाने के विरोधी थे। वे ग्रीक जाति को उत्साह और बुद्धिमता से परिपूर्ण मानते थे। उनका मानना था कि यदि ग्रीक जाति संगठित हो जाए तो वह संसार पर शासन कर सकती है। एक आदर्श नगर के कार्यों को पूर्ण करने के लिए चूंकि कृषक, शिल्पी, योद्धा, धनिक, पुरोहित और न्याय वर्ग की जरूरत होती है लेकिन कृषक वर्ग अवकाश के अभाव में तथा शिल्पकार सद्वृत्ति के अभाव में राजनीति में भाग नहीं ले सकते। अतः शेष वर्गों के लिए ऐसी व्यवस्था होनी चाहिए कि जब वे युवा हों तब योद्धा दल में रहें, युवा अवस्था के बाद वे शासन में रहे और वृद्ध हो जाएं तो पुरोहित और न्यायाधीश का कार्य करें। राज्य की स्थाई सम्पत्ति इन्हीं लोगों के हाथ में रहनी चाहिए। भूसम्पत्ति पर सभी के समान अधिकार का अरस्तू विरोध करते थे लेकिन सार्वजनिक पूजा अर्चना और सामूहिक भोजन का खर्च की

व्यवस्था के लिए भूसम्पत्ति के एक भाग को वे सार्वजनिक बनाने के पक्षधर थे। उनका मानना था कि सार्वजनिक लोगों से नागरिक एकता में वृद्धि होती है। शेष भूसम्पत्ति का विभाजन नागरिकों के मध्य इस प्रकार से होना चाहिए ताकि उनका एक भूखण्ड नगर के समीप और दूसरा भूखण्ड बस्ती से दूर होना चाहिए।

- अरस्तू ने बच्चों के सम्बन्ध में भी पर्याप्त सीखें दी थी। उनका कहना था कि चूंकि नागरिकों का आचरण आदर्श होना चाहिए और सभी का आचारण समान होना चाहिए लेकिन ऐसा तभी सम्भव होगा जब बच्चों की शिक्षा को केवल माता पिता के भरोसे न छोडा जाए बल्कि राष्ट्र को सभी को मान शिक्षा की व्यवस्था करनी चाहिए। वे मुख्य रूप से सदाचार और सद्वृत्ति की शिक्षा के पक्षधर थे। पांच वर्ष की अवस्था तक शिशुओं के भरण-पोषण पर विशेष ध्यान दिया जाना चाहिए। जब वे भाषा समझने लगें तब उन्हें सदाचारात्मक और कुसंग से बचाने वाली कहानियां सुनानी चाहिए। पांच से सात वर्ष की आयु वाले बच्चों को अपनों से बड़े लोगों को काम करते हुए देखना चाहिए। इसके बाद ही पढ़ने लिखने, चित्र बनाने, व्यायाम करने, संगीत सीखने आदि का कार्य प्रारम्भ होना चाहिए। यह कार्य 21 वर्ष की अवस्था तक चलते रहना चाहिए।
- राजनीति के अलावा अरस्तू का सबसे अधिक झुकाव विज्ञान की ओर था। वे पहले दार्शनिक थे जिन्होंने दर्शन, विज्ञान, कला आदि के ज्ञान की विभिन्न क्षेत्रों की सीमाए निश्चित करने का प्रयास किया। अरस्तू ने अपनी मेटा फिजिका नामक पुस्तक में कहा भी था कि 'प्रकृति सत्ता का केवल, एक सीमित अंश है जो लोग केवल भौतिक पदार्थों को ही तत्व मान लेते है वे भूल करते है क्योंकि वे सूक्ष्म वस्तुओं के अस्तित्व को नकार देते हैं। उनका कहना था कि

आंशिक सत्य को ही पूर्ण सत्य नहीं मान लेना चाहिए। इससे बचने का एक ही उपाय है कि ज्ञान को पहले से ही विद्यमान न मान लिया जाए। उन्होंने अपने कैटगरीज नामक ग्रन्थ में बताया था कि ज्ञान किसी न किसी वस्तु का होता है। जिस वस्तु का ज्ञान होता है वह वस्तु ज्ञान से पहले ही रहती है भले ही उसका ज्ञान हो या न हो। अर्थात वस्तु बिना ज्ञान के भी हो सकती है। वस्तु किसी के ज्ञान पर निर्भर नहीं है। आगे का विश्लेषण करते हुए अरस्तू ने बताया कि वस्तुएं तीन प्रकार की हो सकती हैं। जैसे सदैव गतिशील रहने वाली वस्तुएं, अचल वस्तुएं जो चल वस्तुओं को गतिशील करती है और तीसरी वे अचल वस्तुएं जिन्हें गतिमान वस्तुओं से अलग नहीं किया जा सकता। इन तीन प्रकार की वस्तुओं के लिए उन्होंने तीन शास्त्र बनाए थे। गतिमान वस्तुओं के अध्ययन के लिए उन्होंने भौतिक शास्त्र बनाया था। उनका मेटा फिजिका इन्हीं वस्तुओं का अध्ययन करता है। यह वस्तुएं पदार्थ का ही एक रूप होती हैं। परिवर्तन, उत्पत्ति और विनाश का क्रम इन्हीं वस्तुओं में पाया जाता है। कुछ वस्तुएं अचल होते हुए भी गतिमान वस्तुओं में निहित होती हैं जैसे रेखाएं, वृत्त आदि। इनके अध्ययन के लिए गणित शास्त्र की रचना की गई। जबकि अचल वस्तुओं के अध्ययन के लिए दर्शन शास्त्र को आधार बनाया गया। इसे दार्शनिक विज्ञान, प्रथम विज्ञान, ईश्वर सम्बन्धी विज्ञान आदि का नाम दिया गया।

- अरस्तू ने ज्ञान को भी तीन भागों में विभाजित किया जिन्हें उन्होंने सैद्धान्तिक, व्यवाहारिक और उत्पादन सम्बधी ज्ञान का नाम दिया और तीनों के अलग-अलग उद्देश्य निश्चित किए। उनके अनुसार सैद्धान्तिक ज्ञान सत्य की खोज करता है, व्यावहारिक ज्ञान कर्म की बात करता है और उत्पादन ज्ञान उत्पादन सम्बधी नियम बताता है।

अरस्तू ने भौतिक विज्ञान, गणित और दर्शन को सैद्धान्ति विज्ञान का नाम दिया। इन तीनों में से वे दर्शन को उच्च स्थान देते थे। उनके अनुसार दृष्टि में आने वाले जगत के सूक्ष्म से सूक्ष्म कारण का ज्ञान ही दर्शन है लेकिन यह ज्ञान एकाएक नहीं प्राप्त हो जाता। ज्ञान का विकास धीरे-धीरे किया जा सकता है। अतः दर्शन का ज्ञान प्राप्त करने के इच्छुक व्यक्ति को अपना अध्ययन भौतिक विज्ञान से प्रारम्भ करके आगे बढ़ना चाहिए।

- उत्पादन सम्बन्धी विज्ञान का आशय अरस्तू कलाओं के ज्ञान से लगाते थे उनका मानना था कि भौतिक वस्तुओं की उत्पत्ति का रहस्य जानने के लिए उत्पादन की प्रकृति पर विचार करना आवश्यक है। अरस्तू ने उत्पादनों को भी तीन वर्गों में विभाजित किया था। यह वर्ग थे प्राकृतिक उत्पादन, कलात्मक उत्पादन और आकस्मिक उत्पादन। लेकिन इन तीनों के पीछे मुख्य रूप से पदार्थ होता है क्योंकि बिना पदार्थ के किसी प्रकार का उत्पादन सम्भव नहीं है। उनका मानना था कि किसी भौतिक वस्तु में परिवर्तन होने पर ही कोई दूसरी भौतिक वस्तु उत्पन्न होती है चाहे इस परिवर्तन का कारण प्रकृति हो, चाहे कला हो और चाहे भाग्य हो। इन तीनों वर्गों में उन्हें ज्ञान की दृष्टि से भी समानता दिखी थी क्योंकि वे महसूस करते थे कि सभी प्रकार के उत्पादनों का ज्ञान ही सम्भावनाओं का ज्ञान होता है। उनके अनुसार प्राकृतिक और कलात्मक उत्पादनों में थोड़ा सा अन्तर होता है। प्रकृति अपने उत्पादनों के लिए किसी का सहारा नहीं लेती जैसे वृक्ष से वृक्ष, पशु से पशु और मनुष्य से मनुष्य ही उत्पन्न होगा जबकि कलात्मक उत्पादनों में उत्पादन कलाकर पर निर्भर होता है। प्रकृति के अपने नियम होते हैं जबकि कलाकार के पास केवल अपना संकल्प होता है चूंकि कलात्मक उत्पादनों में कोई निश्चित नियम नहीं

होते अतः इसे सैद्धान्तिक विज्ञान का विषय नहीं बनाया जा सकता। कलात्मक उत्पादनों की भांति अरस्तू आकस्मिक उत्पादनों को भी सैद्धान्तिक विज्ञान का हिस्सा नहीं मानते क्योंकि आकस्मिक घटनाओं का कोई कारण नहीं खोजा जा सकता और वे कारण अनिश्चित भी होते हैं। जब अरस्तू ने व्यावहारिक विज्ञान का अध्ययन किया तब उन्होंने पाया कि कलाओं का सम्बन्ध तो मानवीय निर्माण से और व्यावहारिक विज्ञान का सम्बध मानवीय कर्मों से है। इस प्रकार दोनों का ही विषय अनिश्चित है। क्योंकि कलाकार उन वस्तुओं को नहीं बनाता जो निश्चित रूप से उत्पन्न होती हैं जैसे कोई कलाकार पत्थर नहीं बना सकती लेकिन वह पत्थर को मूर्ति में बदल सकता है इसी प्रकार व्यवहारिक बुद्धि वाला व्यक्ति अनिवार्य रूप से किए जाने वाले कर्मों पर विचार नहीं करता वरन वह उन कर्मों को करता है जिनके सम्बन्ध में लोगों की राय भले कर्म या बुरे कर्म के रूप में होती है। इस प्रकार अरस्तू ने व्यावहारिक ज्ञान की भी सैद्धान्तिक विज्ञान के दायरे से बाहर कर दिया।

- कहते है अरस्तू ने गणित पर विशेष ध्यान नहीं दिया क्योंकि उन्होंने गणित पर कोई विशेष रचना प्रस्तुत नहीं की। यद्यपि उन्होंने गणित को भौतिक शास्त्र से ऊचां स्थान दिया और गणित की प्रशंसा करते हुए उन्होंने कहा था कि गणित सौन्दर्य के मुख्य रूपों का ज्ञान कराती है। अरस्तू के समय में गणित की मान्यता बढ़ गई थी और दार्शनिक लोग गणित को दर्शन का विकल्प मानने लगे थे लेकिन अरस्तू गणित को इतना महत्व नहीं देना चाहते थे। इस प्रकार अरस्तू गणित के प्रति उदासीन थे।
- प्राचीन यूनानी दार्शनिकों के विचार में पृथ्वी और स्वर्ग दो भिन्न लोक थे। स्वर्ग में अमर लोगों का निवास माना जाता था और पृथ्वी

लोक की समस्त घटनाएं उन्हीं की इच्छा पर निर्भर मानी जाती थी। अरस्तू ने इस प्राचीन धारणा की वैज्ञानिक व्याख्या प्रस्तुत कर दी। उनके अनुसार आकाश में पांच नहीं वरन एक तत्व पाया जाता है। जिसे ईथर कहा जाता है। शेष चार तत्व पृथ्वी, जल, वायु और अग्नि आकाश से नीचे पाये जाते हैं। आकाश में पाये जाने वाले ईथर की चक्राकार गति से ही आकाश से नीचे वाले इन चारों भौतिक तत्वों को गति मिलती है। उन्होंने माना कि स्वर्ग का विस्तार चन्द्रमा से आगे है और सूर्य, चन्द्रमा नक्षत्र आदि ईथर निर्मित इसी आकाश में स्थित है। इस प्रकार अरस्तू ने चन्द्रमा को विभाजन रेखा मानकर पूरे विश्व को ईथर से निर्मित अपर लोक और चार अन्य भौतिक तत्वों से बने अधोलोक में बांट दिया। अरस्तू का मानना था कि चन्द्र लोक से नीचे अधोलोक पृथ्वी तक फैला हुआ है। इस लोक में एक के बाद एक चारों तत्वों के घेरे बने हुए है। चन्द्रमा के निकट और आकश से ठीक नीचे अग्नि का मण्डल है, उसके नीचे वायु का मण्डल है, इसके नीचे जल का मण्डल है और सबसे नीचे पृथ्वी है जो जगत के केन्द्र में है।

- अरस्तू के समय में आकाश को नंगी आंखों से ही निहारा जाता था। उन्होंने चन्द्र ग्रहण का निरीक्षण करके निर्णय लिया था कि आकाशीय पिण्ड और पृथ्वी निश्चित रूप से गोलाकार है। उन्होंने यह भी अनुमान लगा लिया था कि पृथ्वी की आयु विशाल है और पृथ्वी पर अनेक युग परिवर्तन हो चुके हैं। इसी प्रकार उन्होंने मेघ, कुहरे, ओस, वर्षा, पाला, ओले, मेघगर्जन बिजली, इन्द्रधनुष और उल्का आदि से सम्बन्ध में भी अपने विचार व्यक्त किए थे। उन्होंने पशु पक्षियों, लताओं वृक्षों आदि का भी विस्तृत अध्ययन किया था। जीवों को अरस्तू ने खूल वाले तथा बिना खूल वाले दो भागों में

विभाजित किया था। उन्होंने प्राणियों के इन्द्रिय संस्थानों और प्रद्धतियों का विस्तृत अध्ययन किया था। पशु, पक्षी, मछली, आदि के रहने के स्थान, गर्भाधान और उसका समय, उनके रोग, उनके स्थान परिवर्तन आदि का गहन अध्ययन किया था। अरस्तू ने यहां तक लिखा था कि कुछ नर प्राणी भी दूध देते हैं। उन्होंने प्रजनन विज्ञान का सूक्षमता के साथ अध्ययन किया था। इस प्रजनन विज्ञान को अटठारहवीं शताब्दी तक कोई काट नहीं सका। उनका मानना था कि प्राणियों की दो ही प्रद्धतियां होती हैं एक भोजन करना, दूसरा प्रजनन करना। उन्होंने तो यहां तक विचार किया था कि सन्तान का लिंग क्या होगा। अरस्तू ने जुड़वां सन्तानों का भी अध्ययन किया था और बताया था कि अब तक अधिक से अधिक 5 शिशुओं के एक साथ जन्म का इतिहास मिलता है। उन्होंने एक ऐसी महिला का भी जिक्र किया था जिसने चार बारे में 20 बच्चों को जन्म दिया था। अरस्तू ने तो सन्तान के लिंग के निर्धारण के सम्बन्ध में भी लिख दिया था। उनका कहना था कि पुरुष और स्त्री दोनों के दाहिन अण्डकोष से पुत्र तथा बांये अण्डकोष से पुत्री का जन्म होता है।

- अरस्तू का मानना था कि प्रकृति के सत्त विकास में कहीं स्पष्ट सीमाएं निर्धारित नहीं हो सकीं हैं। जड़ से वनस्पति, वनस्पति से प्राणिजगत, प्राणिजगत से मानव जगत से क्रमशः में धीरे-धीरे परिवर्तन हुआ है। वे वनमानुष को प्राणिजगत और मनुष्यों के मध्य की कड़ी मानते थे। उन दिनों धार्मिक दृष्टि कोण से मनुष्य के शरीर की चीरफाड़ वर्जित थी अतः मानव की आन्तरिक रचना का अनुमान अरस्तू ने पशुओं के शरीर से लगाया जिसके कारण उनसे कुछ भूले भी हुई। वे सिकन्दर को भी मानवीय शरीर की रचना जानवरों की चीरफाड़ करके सिखाते थे। इसीलिए शिकार कर के लाए गए जानवर सीधे

अरस्तू की प्रयोगशाला में पहुंचाए जाते थे। इन्हीं कमियों के कारण अरस्तू मानव के शरीर में केवल आठ पसलियां ही गिन सके, उनके अनुसार पुरुषों की अपेक्षा स्त्रियों के दांतो की संख्या कम होती है, चेतना का स्थान मस्तिष्क नहीं वरन हृदय होता है और हृदय की धड़कन का रोग मनुष्यों को ही होता है।

> "मैं ग्रीक हुआ, गँवार नहीं हुआ; पुरुष हुआ, स्त्री नहीं हुआ; स्वतंत्र हुआ, परतंत्र नहीं हुआ, परंतु इन सबसे बढ़कर सौभाग्य मेरे लिए यह रहा कि मैं सुकरात के युग में पैदा हुआ।
>
> **अरस्तू**

अरस्तू-नामा

नाम	-	अरस्तू
विदेशी नाम	-	एरिस्टोटल्स
जन्म	-	384 ई.पू.
जन्म स्थान	-	स्टेगीरा, ग्रीस
पिता का नाम	-	निकोमाचुस
माता का नाम	-	फ्रैस्तिस
पत्नी का नाम	-	पीथीयस
राष्ट्रीयता	-	ग्रीस
पुत्री का नाम	-	निकोमा खस
सहचरी का नाम	-	हरपीलिस
गुरु का नाम	-	प्लेटो
दादा गुरु का नाम	-	सुकरात
शिष्य का नाम	-	सिकन्दर
पैत्रिक पेशा	-	वैद्यकी
शिक्षण संस्थान	-	दि एकादमी
विद्धता	-	दार्शनिक वैज्ञानिक
मृत्यु	-	322 ई.पू.
मृत्यु का स्थान	-	खाल्किस

प्रश्नोत्तरी

यह पुस्तक पढ़कर आपने क्या सीखा? यह जानने के लिए नीचे दिए गए प्रश्न पढ़े और सही उत्तर के सामने के खाने में सही का निशान ☑ लगाएँ। सारे उत्तर सही होने पर आपको पुरस्कार में मिलेगी ऐसी ही कोई अन्य पुस्तक, जिसके लिए आपको अपने नाम और पते सहित अपने उत्तर हमें इस पते पर भेजने होंगे : मुख्य संपादक, हिन्द पॉकेट बुक्स, ई-14, सेक्टर-11, नोएडा-201301

1. अरस्तू का मूल नाम क्या था?
   1. प्लेटो। ☐
   2. अफलातून। ☐
   3. एरिस्टोटल। ☐
   4. सुकरात। ☐

2. अरस्तू के पिता क्या थे?
   1. खानसामा। ☐
   2. वैद्य। ☐
   3. लकड़हारे। ☐
   4. लुहार। ☐

3. उस समय उच्च शिक्षा के एकमात्र केंद्र 'दि एकादमी' की स्थापना किसके द्वारा की गई थी?
   1. अरस्तू द्वारा। ☐
   2. सुकरात द्वारा। ☐

3. प्लेटो द्वारा। ☐
4. फिलिप द्वारा। ☐

4. प्लेटो के किस शिष्य ने मकदूनिया के राजा अम्पंतस का निधन होने पर शासन अपने हाथ में ले लिया?

1. फिलिप ने। ☐
2. अरस्तू ने। ☐
3. कीरोडोट्स। ☐
4. निकोमचुस ने। ☐

5. अरस्तू ने अपनी पुत्री का नाम पीथियस किसके नाम पर रखा?

1. मृत पत्नी के नाम पर। ☐
2. मृत माता के नाम पर। ☐
3. मृत सास के नाम पर। ☐
4. मृत बहन के नाम पर। ☐

6. मकदूनिया के राजा फिलिप ने अपने किस बेटे की देखरेख का जिम्मा अरस्तू को सौंपा?

1. एंटीपेटर। ☐
2. एंटियोक। ☐
3. सिकंदर। ☐
4. कलंदर। ☐

7. अरस्तू ने संसार के मूल में किस तत्त्व को स्वीकार किया?

1. पृथ्वी। ☐
2. पृथ्वीं और अग्नि। ☐
3. पृथ्वी, अग्नि और जल। ☐
4. पृथ्वी, अग्नि, जल और वायु। ☐

8. अरस्तू ने विश्व को कितने भागों में बाँटा?

1. चार। ☐
2. पाँच। ☐
3. दो। ☐
4. तीन। ☐

9. अरस्तू की दोनों आँखें कहाँ रहती थीं ?

1. आसमान में। ☐
2. जमीन पर। ☐
3. एक आसमान में और एक जमीन पर। ☐
4. आसमान और जमीन के मध्य में। ☐

10. अरस्तू का अपने गुरु प्लेटो के साथ कैसा व्यवहार रहा?

1. वे गुरु के विरोधी थे। ☐
2. वे गुरु का सम्मान करते थे। ☐
3. वे गुरु से कन्नी काटते थे। ☐
4. वे गुरु का सम्मान करते थे पर उनकी गलत बातों का विरोध करते थे। ☐